HUNT
THE DEAD

VON

AKIF TURAN

HORROR-THRILLER

Impressum

Bibliografische Information der Deutschen Nationalbibliothek:
Die Deutsche Nationalbibliothek verzeichnet diese Publikation
in der Deutschen Nationalbibliografie; detaillierte
bibliografische Daten sind im Internet über dnb.dnb.de
abrufbar.

© 2020 Akif Turan
Herstellung und Verlag: BoD – Books on Demand, Norderstedt
ISBN: 978-3-7504-9822-8

Ich widme dieses Buch dem Medienplattform **ROMBLOG** sowie auch dem Musiklabel **Father & Bastards** und bedanke mich bei allen Beteiligten für die Produktion von SURVIVAL TACTICS und dem Kurzfilm HUNT THE DEAD.
Wir hatten eine schöne Zeit voller Spaß und Freude.

VORWORT

Es gibt viele mögliche Szenarien bezüglich dem Weltuntergang. Eines davon ist die Zombie-Apokalypse beziehungsweise die Zombie Invasion. Jedoch bezweifle ich, dass es das Ende der Welt wäre. Es wäre lediglich das Ende der Menschheit und eventuell auch das Ende von Tieren und sonstigem Leben auf der Welt. Die Welt als Planet würde weiterbestehen. Die Frage wäre dann nur; Für wie lange?

Wir kennen das alle meist aus den Filmen oder TV Serien, wie eine solche Welt, in der die Zombie Apokalypse ausgebrochen ist, aussehen könnte. Und in allen diesen Filmen kommen verschiedene Arten von den lebenden Toten vor. Da gibt es die, die sich langsam fortbewegen, welche die sehr schnell laufen oder gar klettern können. Es gibt sogar die, die lernfähig sind und sich Dinge wie das Schwimmen oder das Benützen von diversen Gegenständen sowie auch Schusswaffen beibringen können. Ja wir haben sogar Zombies in Filmen gesehen, die miteinander kommunizieren und sich richtige Strategien und Pläne überlegen können. Es gibt also sehr viele Varianten an Zombies, die uns in der Vergangenheit vorgesetzt wurden. Welche Varianten wir in Zukunft noch so alles zu sehen bekommen werden, darüber lässt es sich spekulieren. Fakt ist, dass, falls eine tatsächliche Zombie-Apokalypse in unserer realen Welt ausbrechen sollte, haben wir nur zwei Möglichkeiten. Entweder sind es die langsamen Zombies, gegen die nicht allzu viel Mühe erfordert wird sie in kürzester Zeit außer Gefecht zu setzen. Vor allen Dingen, würde das Militär und sonstige Spezialkommandos hier sofort agieren und wir wären alle im Nu gerettet. Oder wir bekommen es mit den schnellen und starken Zombies zu tun und haben uns innerhalb von wenigen Tagen zu einem von ihnen verwandelt oder wurden längst von ihnen verspeist und verdaut. Es gibt sogar Wissenschaftler, die der Meinung sind, dass Zombies sowieso nicht länger unter uns weilen könnten, da ihr Körper sehr schnell verwesen und sie zusätzlich von der Sonne noch schneller verfaulen und dadurch zu keiner Gefahr für uns Menschen sein würden. In anderen Worten, die Natur würde uns somit sehr viel Arbeit abnehmen.

Wieder andere sind der Meinung, dass die Menschheit innerhalb von nur zwei Tagen ausgerottet werden würde.

Nun ja, ob es denn überhaupt zu einer Zombie-Apokalypse kommt oder nicht, kann keiner wirklich sagen, aber falls dieser Fall eines Tages eintreten sollte, wie sehr sind wir denn schon darauf vorbereitet? Wieviele von uns haben bereits Vorräte an Lebensmitteln, allen möglichen Werkzeugen, Medikamente, Schusswaffen mit genügend Munition, Benzin, Gegenstände zum Errichten von Barrikaden und zum Absperren beziehungsweise zum Absichern von Ein- und Ausgängen und/oder von Stockwerken und sonst was für das Überleben notwendig ist angelegt? Wieviele haben sichere Bunker in die sie sich zurückziehen und verstecken können? Wieviele haben gepanzerte beziehungsweise abgesicherte Fahrzeuge? Wie groß sind die Sammlungen an Schutzbekleidungen? Wieviele besitzen bereits Stromgeneratoren? Wieviele kennen sich mit Landwirtschaft aus? Wieviele kennen sich mit der Natur aus? Und, und, und.

Es gibt sehr viele Dinge, an die man denken sollte, um in einer solchen Welt, falls diese eines Tages überraschenderweise eintreten sollte, überleben kann. Dann stellt sich die Frage; Wie lange reichend die Ressourcen und die Vorräte aus? Ist das alles, was ich habe bereits genug oder müsste ich, wenn es drauf ankommt, plündern gehen? Wie sehr bin ich Abhängig von der Außenwelt? Wie gut komme ich mit meinem Wissen und Können klar?

Ich weiß, dass sich viele so sehnlichst eine Zombie-Apokalypse wünschen um einfach mal so losballern zu können. Ganz speziell die Waffenfanatiker, aber auch sämtliche Zocker würde das besonders glücklich machen.

Doch man muss kein Genie sein um zu erkennen, dass das, wenn es überhaupt einmal Spaß machen sollte, es nicht von Dauer sein kann. Denn es wäre ganz und gar nicht wie in den Filmen. Irgendwann würden viele von uns anfangen durchzudrehen und könnten nicht mehr klar denken. Einigen wäre so langweilig, dass sie auf die dümmsten Ideen kommen würden, womit sie sich selbst, aber auch andere in Gefahr bringen würden. Abgesehen davon würde höchstwahrscheinlich eine Ausgangssperre von der Regierung angeordnet werden. Solange bis das Militär alles unter Kontrolle gebracht hat. Einfach so auf die Straße rennen und wild um sich herum schießen, wäre wohl die allerletzte Variante, wenn alles andere versagt hätte und die Situation tatsächlich außer Kontrolle geraten würde. Dann müsste jeder für sich selbst kämpfen und versuchen zu überleben. Aber für wie lange? Würde es eine Heilung geben? Würde ein Gegenmittel existieren? Wenn ja, wie würde man dann an diese heran kommen? Wo wäre dieses Gegenmittel dann? Wie sollte man davon profitieren, wenn die Welt ins Chaos gestürzt worden und niemand da ist, der einem damit helfen kann?

Es wäre wirklich ein fatales Schicksal für jeden von uns und jede Person, die sich eine Zombie-Apokalypse wünscht, sollte sich das ganz gut überlegen.

Tröstet euch viel lieber weiterhin mit Büchern, Filmen, Serien, Videospielen und sonstigen Dingen zu diesem Thema oder tanzt einfach zu Michael Jackson's „Thriller" und seid lieber froh, dass ihr nicht im Chaos und Verderben leben müsst.

Doch dennoch möchte ich andererseits die Tatsache einer möglichen Zombie Invasion nicht komplett ausschließen. Denn das was wir von den Filmen, Computerspielen, Comic's, Büchern, etc. kennen, könnte in absehbarer Zeit sehr wohl real werden. Es ist nämlich schon länger bekannt, dass man mit totem Gewebe experimentiert um diese wieder zu beleben. Diverse Experimente mit toten Tieren, wie zum Beispiel Ratten oder Hunden, möglicherweise sogar mit bereits verstorbenen Menschen, werden täglich durchgeführt um den bereits für tot erklärten Körper wieder zum Leben zu erwecken. Dabei versucht man das Gehirn bzw. das Herz des Toten zu reanimieren. Es gibt sogar dokumentierte Beweise dafür, dass einige Experimente dieser Art mit Erfolg durchgeführt wurden und den toten Körper von Hunden reanimieren konnten. Doch in wie weit diese Experimente sicher sind und ob sie tatsächlich zu einem der grössten wissenschaftlichen Ereignisse der Welt werden, steht noch in den Sternen. Denn von den missglückten Versuchen hat man bislang nichts veröffentlicht. Es könnte nämlich vorkommen, dass bei diesen Versuchen so einiges schief geht und man versehentlich einen Zombie also einen lebenden Toten erschafft. Dieser wiederum könnte ausbrechen und einige mit dem Virus, das sich in seinem verseuchten Blut befindet, mit einem Biss oder einem Kratzer anstecken. Das hätte fatale folgen für die gesamte Menschheit und die Welt. Da das Virus sich innerhalb von nur wenigen Tagen auf der ganzen Welt ausbreiten könnte. Und falls es eines Tages zu einer Zombie-Apokalypse kommen sollte, sollte man sich schon drauf vorbereiten können um alles für das Überleben zu tun. Denn ein wichtiger Punkt bei so einem Fall ist es, wie auch der Zombie-Experte und Autor, Max Brooks in seinen Büchern erwähnt, nicht den Helden zu spielen und ständig sich den Zombies zu stellen, sondern sich sehr gut zu verteidigen und versuchen zu überleben.

Noch einige wichtige und hilfreiche Punkte sowie Tipps:

Bei Zombies handelt es sich um wiederbelebte menschliche Leichname.

Die Menschen wurden auf bis meistens ungeklärte Weise infiziert, was sie nach dem Tod weiter leben lässt. Die Infektion gelangt durch den Hirnstamm in das Gehirn und verursacht den Hirntod. Nach dem Eintritt des "menschlichen" Tods variiert die Dauer, bis der Leichnam zurück kommt. Das kann von drei Minuten bis zu acht Stunden dauern.
In diesem Zeitraum stirbt die Person und die Gehirnleistungen stellen sich ein. Nach einiger Zeit reanimiert sich der Hirnstamm erneut. Der Rest des Gehirns, in dem die Persönlichkeit eines jeden steckt, bleibt tot. Lediglich der Trieb zu "fressen" ist stark ausgeprägt und bildet den Existenzgrund der Untoten. Eine endgültige Vernichtung ist nur durch das Zerstören des Gehirns gegeben.

Das Verhalten der Zombies

Die Zombies kauern in Fahrzeugen oder auf Strassen und sind von "richtigen" Toten nicht zu unterscheiden. Erst wenn sie etwas wittern bewegen sie sich und verfolgen ihre Beute. Sollte die Aufmerksamkeit eines Zombies geweckt sein und er sich in eine bestimmte Richtung bewegt, kann es passieren, dass sich ihm weitere Untote anschließen. Man kann von einem Herdentrieb reden. Je mehr Zombies in eine Richtung gehen, um so mehr schliessen sich der Gruppe an. Wenn eine dieser Gruppen mehrere hundert Zombies stark ist, wird von einer Zombie-Herde gesprochen.

Merkmale von Zombies

•Sie reagieren auf Licht in der Dunkelheit

•Sie hören laute Geräusche und bewegen sich darauf zu

•Zombies übertragen ein tödliches Virus, das hohes Fieber verursacht und tödlich ist. Durch das Fieber verändert sich die Haut sehr schnell und es kommt zu dem typischen Zombie-Aussehen

•Solange der Hirnstamm intakt ist, können die Zombies nicht sterben

•Sie unterscheiden Lebende von Toten anhand ihres Geruches

•Sie reagieren verstärkt auf bewegliche Opfer, als auf Lärmverursachende

Fähigkeiten von Zombies

Zombies können sich an einfache Tätigkeiten erinnern (Aufheben von Gegenständen, Klettern über einen Zaun oder eine Leiter, Benutzen von stumpfen Werkzeugen, Rennen oder versuchen sogar Türen aufzumachen. Dabei scheint der Verwesungsprozess eine entscheidende Rolle zu spielen. Je weniger stark zerfallen ein Zombie ist, desto eher kann er höhere Aktionen durchführen.

Zum Abschluss noch einiges wissenschaftliches:

Zombologie

„Das Wesen, von dem die Zombologie spricht, ist kein Mensch und befindet sich in keiner historischen Dimension. Es ist ein Untoter, der auf der Schnittstelle dieser ersten, magischen Differenz steht, und obwohl er humanoide Züge trägt und seine ahistorische Beschaffenheit auf eine vergangene Vergangenheit hinweist, ist er doch nicht weiter rekonstruierbar als durch eine historische Anthropologie und eine „Archäologie der Gräber". Dieses Wesen kennt keinen Perspektivismus, es ist nicht Subjekt, es ist an keine Soziusmaschine angekoppelt und es ist nicht rational. Es bildet also keine Relation zur Welt aus, sondern steht zwischen dieser Relation: eine mediale Existenz, ein Bildschirm-Dämon. ...Wo der Mensch stand, steht jetzt ein Zombie, und die Anthropologie kippt über in eine Zombologie. ...Den Zombie sieht man nicht im Spiegel, sondern auf Leinwänden, Bild- und Videoschirmen. Es gehört zur Axiomatik der Zombologie, daß sie mit der Gleichung: Wahrnehmung = Film operiert. Das Auge ist eine Kamera und was ein Auge sieht, ist das Bild, das es selbst auf die Leinwand geworfen hat. ...Jeder Zombie ist ein Reservoir an Mythologemen, die bis in die archaischsten Schichten jeglicher Kultur zurückreichen. Er ist so universell wie die ursprüngliche Differenz, in der er fußt. Der Zombie gehört zu den primitivsten religiösen Vorstellungen der Menschheit und seine Kraft hat er von den einfachsten Vorstellungen des Präanimismus über die paganen Totenkulte, die christliche Reliquienverehrung und die schwarze Romantik bis heute, bis in den Zombie-Film hinein gehalten. Dieses wunderbare Geschöpf erzählt mehr über Ontologie, Biologie, Semiotik, Medientheorie und die conditio humana als die gesamte Aufklärung mit ihrem hanebüchenen Humanismus."

-Markus Wolfgang Konradin Leiner, Autor und Philosoph-

Bevor wir uns mit dem Thema „Zombie" zusammensetzen, werden wir vorher den Begriff „Zombie" durchgehen. Man unterscheidet zwei Arten von Zombies; Untot und Zombie.

Untot:

1. Zwar nicht mehr am Leben, aber der Körper ist reanimiert und somit aktiv und besitzt in den meisten Fällen übernatürliche Kräfte. Beispiele, Zombies und Vampire.

2. Weder tot noch lebendig. Der lebende Tote.

Zombie:

1. Voodoo Zombie – Durch Hypnose bzw. schwarze Magie einem Menschen das Gehirn waschen und als Sklave benützen.

2. Wie in anderen Kulturen und Religionen kann es vorkommen, dass Priester und Gläubige des Voodoo ihre vermeintlichen Kräfte für Schadzauber einzusetzen versuchen. Priester und Anhänger des Voodooglaubens, die solche Praktiken ausüben, werden Bokor genannt. Im Gegensatz dazu steht der Houngan, ein Voodoo-Priester, der solche Praktiken ohne einen aus seiner Sicht moralisch angemessenen Grund ablehnt. Bei Priesterinnen wird dieser begriffliche Unterschied meist nicht gemacht; sie werden stets als Mambo bezeichnet.

Es ist bekannt, dass der Zombie willenlos, physikalisch einem Leichnam bzw. einem Toten ähnelt, sich primitiv verhält und sich langsam bewegt.

Doch es gibt auch andere Arten von Zombies, die sich zumeist anders verhalten. Welche das sind, erfahrt ihr in den nächsten Zeilen.

Eine Sache, die sich von anderen westlichen Mythologien unterscheidet ist der, dass der Zombie nicht aus einer europäischen Tradition stammt. Sie stammt nämlich aus Haiti. Dort wurden die West-Afrikaner mittels Voodoo Zauber dazu gebracht, auf Zuckerrohrplantagen als Sklaven zu arbeiten.

Als Teil des Voodoo-Religions glaubten die Haitianer daran, dass der Zauberer, Bokor oder Houngan genannt, die erst vor kurzem gestorbenen Toten zurück ins Leben holen konnte, die man hirn- und seelenlose Sklaven nannte.

Der wiederbelebte Körper bleibt unter der Kontrolle des Bokors, also des Zauberers.

„Zombi" ist auch ein weiterer Name des Voodoo Schlangen Gottes Damballah Wedo.

Moderne Zombies werden in den Büchern, Comics, Filmen, Videospielen, etc. komplett anders dargestellt. Moderne Zombies werden in der populären Kultur als geistlose und gefühllose Monster dargestellt, die ständig Jagd nach frischem Menschenfleisch machen.

Hier sind die Zombies nicht unbedingt Sklaven von irgendwelchen Herrschern. Hier kommen Sie meistens in grossen Horden um frisches Menschenfleisch zu essen oder die Menschen zu infizieren. Sie sind im Allgemeinen nicht in der Lage zu kommunizieren und zeigen auch keinerlei Anzeichen von Persönlichkeit oder Rationalität.

Die modernen Zombies werden auch sehr oft mit dem Ende der Welt, also einer Zombie-Apokalypse in Verbindung gebracht.

Das Ender der Zivilisation wird mit der Plage von den Untoten zusammengeführt. Hierbei werden diese Ideen so stark verbunden, dass die Zombies nie in einem anderen Kontext dargestellt werden.

Es gibt vier Unterkategorien innerhalb der Zombologie. Die meisten Menschen haben bereits eine ungefähre Vorstellung aus den Filmen bzw. Büchern machen können. Zombie hat eine sehr allgemeine Definition, da es auch sehr viele Arten im Laufe der Zeit gegeben hat.

Zombie Taxonomie ist die Klassifizierung der verschiedenen Arten von Zombies. Doch dazu später mehr.

Zuerst stellen wir uns die Fragen. Woher kommen die Zombies? Wie entstehen sie?

Da es viele verschiedene Arten gibt, gibt es auch dementsprechend viele verschiedene Fälle, wie die Zombies entstehen. Einige entstehen durch ansteckende Krankheiten, andere durch fehlgeschlagene Experimente oder andere Katastrophen. Falls sie durch ansteckende Krankheiten entstehen, dann ist die gesamte Menschheit in Gefahr, da sich das Virus sehr schnell auf der gesamten Welt weiterverbreiten kann. Dann kommt es zu einer richtigen Zombie-Apokalypse.

Es wird auch tatsächlich von vielen Wissenschaftlern befürchtet, dass irgendeinmal, echte Zombies die Welt befallen könnten. Immerhin finden sie eine Zombie-Apokalypse viel wahrscheinlicher als einen Meteoriteneinschlag auf die Erde. Somit haben sich viele verschiedene Gruppen auf der gesamten Welt als diverse Zombie-Jäger auf die Zombie-Apokalypse vorbereitet. Es werden auch immer mehr Tipps, zum Überleben und das richtige Verhalten in einer Zombie Epidemie, in den Medien bekannt gegeben. Man sagt zwar, dass man damit die Leute auf die verschiedenen Naturkatastrophen vorbereitet, doch viele sind in diesem Fall sehr skeptisch und meinen, dass man deswegen die Naturkatastrophen erwähnt, damit die Menschen nicht in Panik geraten.

Schliesslich gibt es auch wissenschaftliche Beweise dafür, dass Experimente mit toten Tieren durchgeführt werden. Zumeist mit toten Hunden. Ein Beispiel dafür zeigt uns die russische Doku, damalige Sowjetische Union, die in den späten 1930er Jahren aufgenommen wurde. Darin sieht man, dass es den Wissenschaftlern tatsächlich gelungen ist totes Gewebe wieder zu reanimieren.

Doch auch die Drogenart „Bath Salts" auch bekannt als „Cloud Nine" oder „Mephedron", ist sehr gefährlich. Sie wirkt bei der Einnahme durch den Menschen stimulierend. Obwohl sie bereits in vielen Ländern verboten wurde, kann man sie dennoch an einigen Supermärkten oder Tankstellen kaufen.

Wirkungen sind Euphorie, gesteigerte Aufmerksamkeit, Wachheit, Appetithemmung, erhöhtes Redebedürfnis und Offenheit, Mobilisierung von Kraftreserven, Verringerung des Schlafbedürfnisses, Reizung des oberen Rachenbereiches und einhergehende leichte Halsschmerzen, Mundtrockenheit einhergehend mit Belag auf der Zunge.

Ebenfalls treten Reizungen und Verätzungen der Haut (bei Hautkontakt), Brennen in der Nase (bei nasalem Konsum), gestörtes Kurzzeitgedächtnis, Konzentrationsschwierigkeiten, erhöhte Herzfrequenz oft bis hin zu Herzrasen, Gefühle von Angst und Niedergeschlagenheit, starkes Schwitzen, erweiterte Pupillen, Müdigkeit und Trägheit, veränderte Wahrnehmung, Schlaflosigkeit und unklare Erinnerungen an die Zeit der Drogenwirkung auf. Schmerzen in der Nase können bis zum nächsten Tag anhalten; auch eine Schädigung der Nasenscheidewand und im Extremfall ihre Durchlöcherung können bei häufigem Konsum auftreten. Des Weiteren berichten Konsumenten mit langem und starkem Konsum der Droge von

Schmerzen in der Nierengegend. Berichten zufolge, soll die Droge, Grund für Kannibalismus sein. Der Konsument verliert die Kontrolle über sich selbst und greift grundlos Menschen an um hinterher sein Opfer zu beissen bzw. sogar dessen Fleisch zu essen.

Doch aber die Pilze der Gattung Ophiocordyceps dringen in den Körper von Ameisen ein und machen sie zu willenlosen Zombies. Forscher haben vier neue Arten dieser „Körper-fresser" im brasilianischen Regenwald entdeckt.
In den Tropen existieren parasitäre Pilze, die aus Ameisen willenlose Zombies machen. Pilzsporen gelangen durch den Wind auf den Panzer einer Tischlerameise. Dort keimen sie, die Pilzhyphen dringen in die Körper der Insekten ein und programmieren sie sozusagen um.Die Ameise torkelt des-orientiert umher, steigt aus ihrem Nest im Wipfel der Bäume hinunter und beißt sich nahe am Boden schließlich an einer Blattvene fest. Dort herrschen ideale Lebensbedingungen für den Pilz. Die Ameise stirbt. Kurze Zeit später wächst aus ihrem Kopf ein Pilzfaden. Dieser bildet einen Fruchtkörper, der wiederum Sporen freisetzen.
Den Mechanismus hinter diesem bizarren und faszinierenden Vorgang hatte David P. Hughes von der Harvard Universität 2009 für die Art Orphycordyceps unilateralis analysiert. Wahrscheinlich existiert dieser Parasitismus bereits seit Jahr-millionen Jahren, vermuten Forscher der Universitäten Bonn, Harvard und des Smithsonian Instituts aufgrund fossiler Funde. In der Online-Ausgabe des Fachmagazins „PLoSOne" stellen Wissenschaftler nun vier neu entdeckte Arten des Pilzes vor. Alle neuen Arten wurden im brasilianischen Regenwald ent-deckt.
Die Forscher weisen darauf hin, dass jede Pilzart sich wieder-um auf eine Ameisenart spezialisiert hat. Der Vorgang, in die

Ameisen einzudringen, sie zu manipulieren und schließlich zu töten, um wieder neue Fruchtkörper zu bilden, ist hochkomplex. Um eine Infektion der Ameisen zu gewährleisten, seien vielfältige Anpassungen der Pilze und die Ausbildung unterschiedlicher Sporentypen notwendig. Noch sei nicht genügend darüber bekannt, welche Auswirkungen der Rückgang der Artenvielfalt auf diese parasitäre Dynamik haben wird.

Parasitismus: ist eine Art symbiotische Beziehung zwischen zwei verschiedenen Arten. Einige Parasiten können dafür sorgen, dass sich Änderungen im Verhalten des Opfers aufweisen. Diese Änderungen wurden bereits bei vielen Lebewesen, einschließliche dem Menschen, dokumentiert. Parasiten brauchen eine Möglichkeit um ihre Wirte weiter zu verbreiten. Dies kann sehr leicht durch den Austausch von Körperflüssigkeiten erfolgen. Beispiele dafür sind, Bluttransfusionen, ungeschütztes Geschlechtsverkehr oder aber auch direkter Biss. Es ist ebenfalls möglich, dass ein Parasit, das Verhalten des Menschen, derart verändern kann, sodass der Mensch, genau wie bei der Droge „Bath Salts", Lust auf Menschenfleisch bekommt.

Viren: sind mikroskopisch kleine Krankheitserreger, die in vielen Formen und Grössen vorkommen können.
Da die Viren nicht auf eigene Faust überleben können, müssen sie die Wirtszellen anderer Organismen infizieren um zu überleben bzw. sich zu vermehren.
Wie auch bei den Parasiten brauchen Viren Wirte um sich weiter verbreiten zu können. Das Influenza-Virus zum Beispiel, überträgt sich durch Husten oder Nießen. Einige Viren haben die Fähigkeit die DNA der Wirtszellen zu verändern. Einige haben sogar Wege gefunden, um das Verhalten der

Wirtsorganismen zu verändern.

Zombie Taxonomie

In der Taxonomie werden die verschiedenen Arten und Typen der Zombies unterschieden. Ihre Herkunft bzw. Entstehung, Stärken und Schwächen und sonstige Eigenschaften.

Es gibt biologische und übernatürliche Zombies. Biologische Zombies sind leichter zu verstehen, da sie teilweise durch die Wissenschaft erklärt werden können.
Ein Merkmal von biologischen Zombies ist der, dass die meisten von Ihnen die selben physiologischen Eigenschaften aufweisen, wie normale Menschen.

Von den übernatürlichen Zombies gibt es verschiedene Arten. Es ist etwas schwierig zu verstehen, wie sie funktionieren. Doch es gibt ja bekanntlich viele Dinge in der Natur, die sich die Wissenschaft nicht erklären kann.
Die Zombies dieser Art werden als Untote eingestuft und verfügen teilweise über übernatürliche Kräfte.
Genau um diese Art von Zombies geht es jetzt.

Plague Zombies (übernatürliche)

Diese Zombies entstehen in der Regel durch übernatürliche Krankheiten. Ein Biss oder Kratzer von so einem Zombie führt zum Tod und kurzer Zeit später zur Reanimation mit sehr viel Hunger auf frisches Fleisch. Es gibt unmittelbar Gedächtnisverlust und Persönlichkeitsveränderungen.

Chemische Zombies (biologische)

Chemikalien können die Neurotransmitter im Gehirn beeinflussen. Einige können auch das Gehirn desensibilisieren, sodass Veränderungen der Persönlichkeit hervortreten. Dies
könnte dazu führen, dass Menschen verrückt bzw. nicht bewusst handeln und ihre Kontrolle über sich selbst verlieren.
Sie könnten auch dafür sorgen, dass man sich nach Menschenfleisch sehnt.

Dunkle Zombies (übernatürliche)

Die Toten werden in der Regel mit schwarzer Magie von einer
bestimmten Quelle des Bösen reanimiert. Sie kriechen aus ihren Gräbern und vernichten denjenigen, der mit ihnen in Kontakt kommt.

Energie Zombies (übernatürliche)

Irgendeine Form der Energieversorgung, bestimmte Strahlungen oder eventuell Kometen können bewirken, dass bereits
verstorbenes Gewebe zu neuem Leben erwacht. In vielen B-
Movies kann man diese Theorie nachvollziehen.

Unsterblichkeit Zombies (übernatürliche)

Eine Art von Magie bzw. Zauber oder Trank sorgt dafür, dass
der Mensch unsterblich wird. Der Mensch kann somit auf normale Art und Weise nicht sterben, doch sein Körper altert so
lange, bis er einem Zombie bzw. einem lebenden Toten ähnelt.
Er könnte nicht einmal sterben, selbst wenn er es wollte. Der
Körper verwest jedoch weiter in den laufenden Jahren.

Medizinische Zombies (biologische)

Solange die Physiologie in perfektem Zustand ist, sollte der Körper in der Lage sein sich zu bewegen. Das hängt jedoch von der Ursache des Todes ab. Wenn die Person an Blutverlust durch eine Stichwunde stirbt, wird es nicht möglich sein, dass der Körper hinterher funktioniert. Die Technologie jedoch kann geschädigte Organe ersetzen und den Körper wiederbeleben. Hierbei könnten Nebenwirkungen, wie zum Beispiel Persönlichkeit Verzerrungen entstehen, die durch die Gehirnschäden durch die Wiederbelebung erfolgen. Das könnte wiederum dazu führen, dass sich die Person unnatürlich und seltsam verhält. Das Frankenstein-Monster könnte unter dieser Art von Zombie klassifiziert werden.

Mumifizierte Zombies (übernatürliche)

Viele alte Kulturen mumifizierten ihre Toten mit einer Art Zauber oder Fluch, sodass diese wieder zum Leben erwachen.

Parasitäre Zombies (biologische)

Ein Parasit kann ein Lebewesen angreifen und Veränderungen im Verhalten verursachen. Dies wurde bereits bei Ratten und Schnecken entdeckt. Im schlimmsten Fall, könnte der Parasit sogar den gesamten Körper einnehmen und Zombie-Ähnliches Verhalten erzeugen.

Radioaktive Zombies (biologische)

Strahlungen haben zahlreiche Auswirkungen auf das biologische Gewebe, wie zum Beispiel auf das Gehirn.

Verformungen oder sogar Mutationen der DNA sind die Folgen. Je nach Stärke der Strahlungen können die Wirkungen auf den Menschen verschiedene Folgen haben.

Virale Zombies (biologische)

Einige Viren injizieren ihre DNA in den Wirt um diese zu infizieren. Diese Änderungen in der DNA könnte tatsächlich dazu führen, dass eine komplett neue Art geschaffen wird. Sie wären hoch ansteckend und unkontrollierbar. Die Veränderungen der DNA können Körper und Geist in vielerlei Hinsicht beeinflussen. Die physikalischen Eigenschaften verändern und sogar die Gedanken manipulieren, sodass man den Drang hat, die menschliche Rasse zu massakrieren.

Voodoo Zombie (biologische)

Ähnlich wie bei der dunklen Zombie, ergeben sich untote Kreaturen aus einer Quelle der Magie. Eine tote Person kann durch einen Voodoo-Zauberer/Priester wiederbelebt werden. Die Zombies bleiben unter der Kontrolle des Priesters, da sie keinen eigenen Willen haben.

Schnelle und langsame Zombies

Die Schnellig- bzw. Beweglichkeit der verschiedenen Zombies hängt von ihrem Ursprung ab.
Bei Zombies, die durch Viren entstehen, können sich je nach Virus schnell oder langsam bewegen.
Somit kann die eine Art laufen wie ein Marathonläufer und die andere Art schleichen bzw. schlurfen wie eine Schnecke und bewegen sich demnach auch unkoordiniert da das Gehirn nicht

in der Lage ist, die nötigen Signale des Körpers zu empfangen und durchzuführen, welches Körperteil bewegt werden soll. Doch unabhängig vom Virus werden die Zombies in der Regel nach etwa 5 Jahren so oder so langsamer, da sie mit der Zeit verwesen.

Entwicklung

Ebenfalls abhängig von den Viren, werden einige Zombies komplett willenlos und verhalten sich total primitiv. Andere wiederum zeigen Anzeichen von Intelligenz und sind sehr wohl in der Lage dazuzulernen. Auch die Grösse und/oder das Aussehen könnte sich unterscheiden. Andere können wiederum mit der Zeit mutieren.

Nun kommen wir zu den verschiedenen Zombie Massen, die man eine Horde nennt.
Bekanntlich halten sich Zombies in einer Horde auf. Dies muss aber nicht daran liegen, dass die Zombies sich bewusst zu einer Armee aus Untoten zusammengeschlossen haben.
Zum Beispiel könnte es daran liegen, dass sich an einem bestimmten Ort, wie in einem Stadtgebiet, viele Menschen aufhalten und diese etwa zur gleichen Zeit als Zombies wieder auferstehen.
Es kann aber auch daran liegen, dass die Zombies auf ein Geräusch, wie zum Beispiel lautes Knallen, aufmerksam werden und sich in dessen Richtung begeben. Dann kommt es zu einer sogenannten Zombie-Versammlung und somit zu einer Horde.
Auch bei den Horden gibt es verschiedene Gruppierungen.

G-1
Diese Gruppe stellt keine Bedrohungen dar sich in irgendeiner Weise zu reproduzieren.

G-2

Diese Klasse stellt eine geringe Bedrohung der Zombie-Multiplikation dar. Diese Art der Gruppe ist in der Lage sich zu reproduzieren.

G-3

Diese Klasse stellt ebenfalls eine geringe Bedrohung der Zombie-Multiplikation dar. Diese Art der Gruppierung kann sich nur dann vermehren, sobald ein Mensch gestorben ist.

G-4

Diese Klasse stellt eine hohe Bedrohung der Vermehrung der Zombies dar. Die Zombies sind sehr wohl in der Lage sich zu reproduzieren, als auch durch kratzen und beissen eines Menschen den Virus weiter zu verbreiten.

G-5

Diese Klasse stellt eine sehr grosse Bedrohung der Zombie-Vermehrung dar. Die Zombies sind in der Lage sich sehr schnell zu reproduzieren und die Zombifikation entsteht ebenfalls sehr schnell aus einer Art sehr ansteckenden und unheilbaren Krankheit.

Die Klassifizierung der Zombies, die sich als Horden in diversen Gebieten aufhalten, sind wie folgt aufgelistet.
Die Gruppen werden bei der sogenannten Staging, also der Präsenz der Zombies, mit einem S gekennzeichnet.

S-1

Anzahl der Zombies: 1-10
Dies ist die niedrigste Stufe einer Zombie Horde. Sie stelle keine besonders grosse Bedrohung dar. Sie befallen in der Regel ein begrenztes Gebiet.

S-2

Anzahl der Zombies: 10-100

Diese Horde bereitet schon ein grosses Problem und sie halten sich eher in Wohngebieten auf. Die Zombie-Population dieses Stadiums ist gross genug um von den Medien und der Polizei wahrgenommen zu werden.

S-3

Anzahl der Zombies: 100-10.000

Diese Gruppierung hält sich weitgehend in besiedelten Gebieten auf und sind zumeist ausser Kontrolle. Für dieses Stadium ist bereits die Hilfe des Militärs nötig.

S-4

Anzahl der Zombies: 10.000-10.000.000

Diese Stufe der Gruppierung hält sich ebenfalls in besiedelten Gebieten auf. Das Militär bzw. der Staat ist gezwungen schärfere Massnahmen zu ergreifen. Gegebenenfalls müssen Teile der befallen Länder oder sogar ganze Länder unter Quarantäne gestellt werden. Eine Zombie Masse dieser Klasse stellt ein internationale Bedrohung dar und die Welt-Organisationen müssen die nötigen Massnahmen ergreifen um den Wachstum zu stoppen.

S-5

Anzahl der Zombies: 10.000.000-Zombie-Apokalypse

Diese Stufe ist das gefährlichste aller Stufen. Derartigen Zustand nennt man eine Apokalypse.

Es ist das Ender der gesamten Zivilisation. Die menschliche Bevölkerung stirbt aus und die Staaten und die Organisationen verfallen in Chaos. Die Gesetze brechen auseinander.

Wenn wir schon dabei sind, gehen wir tiefer in das Thema „Zombie-Apokalypse" ein.

Zombie-Apokalypse

Die Zombie-Apokalypse bedeutet einfach das Ende der Menschheit. Es ist das schlimmste das je passieren kann.
In der Regel entsteht eine Zombie-Apokalypse durch den Ausbruch einer ansteckenden Krankheit.
Die Seuche verbreitet sich einfach sehr schnell und unkontrolliert auf dem gesamten Erdball aus. Die Überlebenden verbarrikadieren sich in Schutzräumen und versuchen so lange durchzuhalten wie möglich. Sie sind auch gezwungen unter schweren Bedingungen Lebensmittel, Pflegemittel und alles was nötig ist um zu überleben, aufzutreiben.
Die sogenannte Zombie-Apokalypse besteht jedoch in der Theorie und hat den Ursprung aus diversen Religionen.
In vielen Religionen, wie zum Beispiel im Islam oder dem Christentum, ist die Rede vom Tag des jüngsten Gerichts und/oder, dass die Toten wieder auferstehen werden. Doch bei den Auferstandenen handelt es sich hierbei nicht um Zombies.

Ich möchte auch nicht viel zu sehr ins Detail gehen und mache an dieser Stelle Schluss. Denn das Thema „Überleben in einer Zombie Apokalypse" umfasst sehr vieles, worüber man ein eigenes Buch schreiben beziehungsweise lesen müsste.

Daher beginnen wir gleich mit unserer Geschichte.

Viel Spaß beim Lesen und hütet euch vor einer möglichen Infizierung, falls die lebenden Toten uns doch noch überrennen sollten!

DER BEGINN VOM ENDE

Mehmet Sert stammte ursprünglich aus der Türkei und lebte seit seinem dritten Lebensjahr in Wien. Er hatte ein Lehrabschluss als Mechaniker. Nach seinem Präsenzdienst in Österreich, meldete sich Sert freiwillig als Berufssoldat und wurde einiger Zeit später ein respektierter Offizier. Er hatte bereits viele Einsätze im Ausland erfolgreich beendet und die eine oder andere Auszeichung dafür erhalten. An seinem fünften Lebensjahr verließ sein Vater ihn und seine Mutter. Seitdem hatte er nie wieder etwas von ihm gehört. Seine Mutter starb an einer Lungenentzündung als Sert sechsundzwanzig Jahre alt war. Er war ein Einzelkind. Schon als kleines Kind musste er schnell erwachsen werden um seine alleinerziehende Mutter zu unterstützen. Somit lernte Sert schon in sehr jungen Jahren Verantwortung zu übernehmen und diszipliniert zu sein. Er war ein treuer und liebevoller Ehemann und ein hervorragender Vater von zwei Kindern. Trotz seinem anstrengenden Job als Leutnant, hatte er immer Zeit für seine Familie. Er hat sie nie vernachlässigt und war stets für sie da. Für seinen Sohn war er der absolute Held und ein großes Vorbild. Da Sert ebenfalls von den ranghöheren Offizieren respektiert wurde, gab man ihm eines Tages einen sehr speziellen Auftrag. Er sollte, gemeinsam mit ein paar Soldaten, die unter seinem Kommando standen, eine kleine Gruppe von ausgewählten Wissenschaftlern überwachen und ihnen, in einer geheimen Einrichtung außerhalb von Wien, Schutz bieten. Wieso er das tun sollte, verschwieg man ihm. Alles was man ihm verriet war, dass es zum Wohle der Menschen sei.
Doch nach einiger Zeit fand Sert alleine heraus, was er da tatsächlich all die Zeit beschützt hat und noch weiter beschützen sollte. Als er die Wahrheit erfuhr war Sert sehr empört und

schockiert darüber und wollte so etwas nicht länger unterstützen. Er kontaktierte seinen damaligen besten Freund und
Kollegen, der einen Rang höher war als er und erzählte ihm,
was er entdeckt hatte. Es stellte sich heraus, dass dieser Freund
bereits wusste, was all die Zeit vor sich ging und schwieg darüber, weil man jedem verboten hatte etwas darüber zu erzählen, damit nichts an die Öffentlichkeit dringt. Erst dann,
wenn sie erste Erfolge damit erzielen würden, doch das würde
noch viele Jahre in Anspruch nehmen. Der Freund riet Sert
ebenfalls niemandem davon zu erzählen, weil er sonst sich und
vor allem seine Familie gefährden würde. Da Sert ein intel-
ligenter Mann gewesen ist, konnte er sich die Folgen eines
gescheiterten Experiments vorstellen. Von dem Zeitpunkt an,
nutzte Sert jede freie Minute, um seine Familie dagegen zu
schützen. Er baute einen Bunker unterhalb seines Hauses in
Wien, der groß genug war um sich und seine Familie zu verstecken. Er legte jede Menge Vorräte an und lagerte darin alles
was er für nützlich hielt. Konserven, Wasser, Benzin, Messer,
Schusswaffen, Munition, Werkzeuge, Arzneimittel und vieles
mehr. Zudem brachte er seinen beiden Kindern bei, wie man
mit Waffen umgeht und wie man kämpft. Er verlangte auch
von ihnen, dass sie von dieser Sache niemandem etwas verraten und ganz gewöhnlich mit ihrem Leben weitermachen
sollten. Niemand sollte verdacht schöpfen. Kurzer Zeit später
stellte es sich heraus, dass Sert's Freund ein Verräter war und
seinen Vorgesetzten verriet, dass Sert Dinge wisse, die er nicht
wissen sollte. Daraufhin wollten die Vorgesetzten nichts riskieren und entschieden Sert's Leben ein Ende zu setzen und
den Mord an ihm vertuschen indem sie seiner Familie erzählten, dass er, während seines Dienstes, von feindlichen
Spionen ermordet wurde. Dieser Schicksalsschlag traf Sert's
Familie sehr. Doch sein Sohn wusste, dass das Militär dahinter

26

steckt und, dass sein plötzlicher Tod mit der streng geheimen Sache, auf die sein Vater die Familie vorbereitet hatte, zu tun hat. Als Sert's Sohn älter wurde, folgte er dem Wunsch seines Vaters und wurde Arzt. Denn, falls es zu einer Katastrophe kommen sollte, wovor sich Sert so sehr fürchtete, sollte sein Sohn in der Lage sein, sowohl sich als auch seine Familie und andere medizinisch zu versorgen. Dieser Gedanke erwies sich als sehr nützlich, als es dann tatsächlich so weit war und die erwartete Katastrophe eintraf. Der Anfang vom Ende war gekommen.

Hanife Sert stammt genau wie ihr Ehemann ursprünglich aus der Türkei wurde jedoch im Gegensatz zu ihm in Wien geboren. Sie war ein Mensch mit einem Herzen aus Gold. Hanife wünschte nichts und niemandem etwas Böses. Vom Beruf war sie Lehrerin an einer Volksschule in Wien. Sie liebte Kinder, aber auch die Tiere und die Natur. Sie liebte es zu unterrichten, zu erziehen und ihr Wissen an andere weiter zu geben. Ihren Ehemann lernte sie am Tag der offenen Tür kennen. Er hatte damals die Schülerinnen und Schüler für den Schutz des Landes begeistern wollen. Als Hanife sah, wie sehr seine Augen leuchteten als er von seinem Beruf erzählte, verliebte sie sich in ihn. Kurzer Zeit später heirateten die beiden und erzeugten zwei Kinder. Einen Sohn und eine Tochter. Sie waren beide sehr glücklich und führten eine Musterehe. Ihre Kinder konnten sich glücklich schätzen, da sie von beiden Elternteilen sehr viel lernen konnten. Das war ein großer Vorteil für sie. Als Hanife vom Tod ihres Ehemannes erfahren hatte, wurde sie kurzer Zeit später krank und starb an den folgen der Krankheit. Sie hatte den plötzlichen Tod ihres geliebten Ehemannes einfach nicht verkraften können. Ihre beiden Kinder waren mittlerweile erwachsen geworden und hatten selbst Familien gegründet.

Anders als seine jüngere Schwester, blieb der Bruder, der später Arzt werden sollte, in Wien und führte sein Leben mit seiner eigenen Familie weiter.

Dr. Erdal Sert ist der erstgeborene von Mehmet und Hanife. Er erfüllte den Wunsch seines Vaters und wurde Arzt. Leider konnte sein Vater das nicht mehr miterleben. Doch er weiß genau, dass er mindestens so stolz auf ihn gewesen wäre, wie es seine Mutter war. Als der neue Mann der Familie, trug Erdal eine sehr große Verantwortung und musste stets auf seine Familie achten. Das machte er sehr gut. Alles was er über Schutz und Verantwortung wusste, hatte er von seinem Vater gelernt. Vor allem machte sich das sehr gut bezahlt, als der Tag kam, an dem die Apokalypse, die katastrophale Zeit, vor der Mehmet all die Jahre über seine Familie zu schützen versuchte, ausbrach. Ohne die Hilfe und das vorzeitige Treffen von bestimmten Maßnahmen seines Vaters, hätte er es nie geschafft, solange zu überleben. Auch seiner Familie konnte er womöglich keinen Schutz bieten. Erdal heiratete als er fünfundzwanzig Jahre alt war. Seine Frau lernte er während seines Medizinstudiums kennen. Sie verliebten sich und beschlossen zu heiraten. Sie bekamen nur ein Kind, einen Sohn. Somit wurde Erdal mit sechsundzwanzig Vater eines Jungen. Als ihr Sohn sein erstes Lebensjahr erreicht hatte, brach die Apokalypse aus, somit hatten sie keine Chance mehr ein weiteres Kind zu zeugen. Er musste seine Familie, vor allem seinen Sohn, vor dieser Katastrophe beschützen. Er musste seine Familie in Sicherheit bringen. Während dieser Zeit wurde Erdal immer besser und lernte viel Neues dazu. Als sein Sohn alt genug war, brachte Erdal ihm alles bei, was er wusste und konnte. Genau wie sein Vater es ihm und seiner Schwester beibrachte. Es war nicht leicht ein Kind in der Apokalypse aufzuziehen, doch es stellte sich heraus, dass sein Sohn viel bessere Resultate erzielen konnte, da er mitten in dieser Welt aufwuchs. Seine Eltern waren auch zugleich seine Lehrer. Somit konnte das Kind sehr viel lernen. Sie brachten ihm allgemein das Überleben bei, aber es gab auch gewöhnliches Unterricht, wie Mathematik, Lesen und Schreiben und sonst noch alles was man wissen sollte. Zudem brachten sie ihm die medizinische Behandlung bei und lehrten ihm alles über OP's, Verletzungen, Krankheiten und Medikamente. Sie hatten einen wahren Überlebenskünstler groß gezogen. Erdal war sehr stolz auf seinen Sohn und er sah in ihm sein besseres Ich. Eines Tages, bei einer gemeinsamen Mission mit seinem Sohn, starb Erdal beim Versuch einem Ehepaar das Leben zu retten. Da sein Sohn zu dem Zeitpunkt damit beschäftigt war anderen Leuten Schutz zu bieten, konnte er seinem Vater nicht zur Hilfe eilen.

Dr. Ela Sert war ebenfalls eine Wienerin mit türkischen Wurzeln und sie war eine leidenschaftliche Ärztin. Sie war Chirurgin und ihre OP's verliefen stets erfolgreich. Sie war im selben Krankenhaus wie ihr Ehemann Erdal tätig. Doch, da sie beide viel zu tun hatten, liefen sie sich nur selten über den Weg. Anders als ihr Ehemann, wusste sie nicht, was sie in so einer Apokalypse tun sollte, doch ihr Ehemann wusste immer sie zu beruhigen und gab ihr Sicherheit. Trotz Allem machte sie sich am meisten Sorgen um ihren Sohn. Sie bedauerte immer zutiefst, dass ihr Sohn ausgerechnet in so einer Zeit zur Welt kam. Wäre die Apokalypse etwas früher eingetroffen, wäre sie sich sicher gewesen, kein Kind auf die Welt zu bringen. Doch es war geschehen und sie mussten alle gemeinsam da durch. Ihr Ehemann brachte auch ihr einiges bei, wie zum Beispiel sich selbst zu verteidigen und mit dem einen oder anderen Messer bzw. Schusswaffe umzugehen, sodass sie sich noch sicherer fühlen konnte, wenn sie mal alleine bleiben musste. Nachdem sie sich an die neue Welt etwas gewöhnen konnte, sah sie alles mit anderen Augen. Sie war zudem abgehärtet. Das musste sie sein, vor allem wegen ihrem Sohn. Sie war sogar so sehr abgehärtet, dass sie, ohne zu zögern, an Leichen, die aufgrund der Infektion bereits gestorben waren oder die sie selbst von ihrem Leiden befreite, Operationen durchführte um ihrem Sohn einiges darüber beizubringen. Sie verstarb ein paar Monate vor ihrem Ehemann durch einen tragischen Unfall. Ein anderer Überlebender war gerade auf der Jagd nach frischem Wild gewesen und schoss auf sie, weil er sie mit einem Reh verwechselte. Sowohl ihr Ehemann als auch ihr Sohn waren geschockt, doch als sie zu sich kamen, verlor Erdal die Kontrolle über sich und tötete den fremden Mann, indem er ihm mehrmals in den Kopf schoss. Von seinem Kopf, geschweige den von seinem Gesicht, blieb nichts übrig bis auf ein Haufen zermatschte Fleisch- und Gehirnmassen. Hinterher war er gezwungen seiner geliebten Frau in den Kopf zu schießen, damit sie nicht als ein Monster wieder erwachen konnte.

Kaan, sein Vater gab ihm diesen Namen, wurde in eine von wandelnden Toten belagerte Welt hineingeboren. Somit musste er sich schon als Kind durch diese verseuchte Welt durchkämpfen. Um in dieser Welt überleben zu können, machte er sich das Wissen seiner Vorfahren zunutze. Die Welt davor, wie sie einmal gewesen war, ist ihm vollkommen fremd. Als seine Eltern, von Zeit zur Zeit, erzählten wie sie vor dem Ausbruch gewesen war, kam ihm das alles wie ein Märchen vor. Mit der Zeit entwickelte sich Kaan zu dem absoluten Experten. Er war

sogar noch besser als sein Vater vor ihm. Nachdem er beide
Eltern verloren hatte, musste sich Kaan alleine durchkämpfen.
Es fiel ihm zwar nicht schwer, da er stets wusste, was zu tun
war, aber tief im Inneren vermisste er seine Familie. Vor allem
machte er sich für den Tod seines Vaters verantwortlich, da er
ihm nicht zur Hilfe eilen konnte. Hin und wieder traf er auf
andere Menschen. Manchen konnte er helfen und manchen
musste er aus dem Weg gehen. Es war eine gefährliche Welt.
Nicht nur die wandelnden Toten waren das Problem, sondern
auch Menschen mit bösen Absichten. Er konnte niemandem
trauen und musste stets wachsam sein. Seit seiner Kindheit
hatte er einen ausgeprägten Sinn entwickelt um gute Menschen
von bösen zu unterscheiden, aber dennoch musste er sich auf
Überraschungen gefasst machen. Denn auf Ärger war er nicht
aus. Ganz im Gegenteil, er wollte so vielen Menschen wie es
nur möglich war helfen. Er teilt sein Wissen und seine Er-
fahrungen mit anderen. Mit seinen Skills und dem Know-How
ist er, in Zeiten wie diesen, zu einem wahren Schatz geworden.
Er weiß, dass es einen Grund geben muss, wieso er in diese
verdammte Welt hineingeboren wurde. Er weiß, es ist seine
Bestimmung, anderen in dieser Zeit zu helfen. Somit versprach
er seinen Eltern, aber auch sich selbst, dass er alles tun wird um
anderen Überlebenden durch diese schwere Zeiten zu helfen.
Bis es soweit ist und er eine ganze Festung aufbauen kann,
indem die Überlebenden alle in Sicherheit leben können, ist er
stets auf der Jagd und nimmt ganz alleine den Kampf gegen die
wandelnden Toten auf und versucht in einer bereits toten Welt
am Leben zu bleiben.

„Ich bin wie meine Zombies. Ich bleibe nicht tot."

-George A. Romero, Filmregisseur-

KAPITEL 1

EIN MANN AUF DER JAGD

Seit dem Ausbruch sind mittlerweile ganze dreißig Jahre vergangen. Kaan kam im Jahre 2023 auf die Welt und niemand hätte sich ausmalen können, dass die gesamte Welt im Jahre 2053 großteils von wandelnden Toten bevölkert werden würde. Denn noch vor sehr vielen Jahren, lange vor Kaan's Geburt, arbeiteten einige amerikanische sowie auch österreichische Wissenschaftler gemeinsam an einem Experiment an der sie später scheitern sollten.

Das Experiment dauerte über Jahre und hätte noch viele weitere Jahre gebraucht um das eigentliche Ziel erreichen zu können. Doch Anfang 2023 geriet das gefährliche Experiment vollkommen aus der Kontrolle und veränderte seitdem einfach alles.

Das Experiment war folgende.

Sie wollten es schaffen, bereits gestorbene Soldaten mittels eines Serum's wieder zum Leben zu erwecken um diese erneut in den Krieg zu schicken. Und wenn es einmal soweit sein sollte, das Serum sowohl an sich, aber vor allem an den reichen, wohlhabenden Politikern, Prominenten und CEO's von diversen Konzernen und Unternehmen anwenden um sich unsterblich zu machen. Der Rest der Welt sollte davon nichts mitbekommen. Sie wollten das Projekt so geheim wie möglich halten und falls es doch irgendwie an die Öffentlichkeit dringen sollte, es mit allen Mitteln und Wegen vertuschen und verleugnen und sämtliche Aufdecker als Verschwörungstheoretiker abstempeln und sie sogar gegebenenfalls Mundtot machen oder gar aus dem Weg räumen.

Doch soweit sollte es gar nicht kommen, da sie die wieder erweckten Toten nicht ganz so unter ihrer Kontrolle halten konnten, wie sie es zunächst dachten. Das Experiment geriet außer Kontrolle und nachdem sämtliche Wissenschaftler und Soldaten, die an diesem Tag Einsatz hatten, wurden von den wiederbelebten Leichen attackiert und getötet. Sie konnten ausbrechen und es dauerte nicht lange bis sie die gesamte Welt infizierten. Das verabreichte Serum, das sich im menschlichen Körper, ob tot oder lebendig, befand, entwickelte sich zu einem tödlichen Virus, das diejenigen, die damit infiziert worden waren, zu Zombies verwandelte. Da die Wissenschaftler das Serum zuvor nicht an lebenden Menschen untersucht hatten, konnten sie nicht herausfinden, dass es sich im menschlichen Körper, nach nur kürzester Zeit, in ein tödliches Virus ver-wandeln würde. Die lebenden stellten jedoch keine Gefahr dar, solange sie nicht gestorben waren. Und selbst wenn, müssten ihre Gehirne beschädigt worden sein. Bei bereits verstorbenen wirkte es sofort und es dauerte nicht lange, bis es ihr Gehirn reaktivierte und sie zu blutrünstigen und fleischfressenden Bestien verwandelte.

Der einzige Weg, diese Monster aufzuhalten, war also nur dann möglich, wenn man ihren Gehirnen tödliche Schäden zufügte. Anfangs wusste das keiner und es dauerte sehr lange bis die Menschen es herausgefunden hatten.

Kaan wusste es bereits seit er ein Kind gewesen war. Denn sein Vorteil war, dass seine Eltern bereits wussten, was zu tun war und brachten es ihm bei.

Seitdem zielt er, sofern möglich, immer zuerst auf den Kopf der Zombies um sie ein für allemal ausschalten zu können.

So und durch seine vielen anderen Fähigkeiten hatte er es geschafft, in einer Welt, in der es nur so von Zombies wim-melte, dreißig Jahre am Leben zu bleiben.

Und es sollten noch viele weitere Jahre dazu angehängt werden.

Viel Hoffnung hatte er nicht, was die restliche Menschheit betraf. Er gab die Hoffnung zwar nie auf, vor allem deswegen nicht, weil er hin und wieder einem Menschen begegnete, aber viel zu optimistisch war er auch wieder nicht. Er war sich sicher, dass nach so vielen Jahren, seit dem Beginn des Ausbruchs vor dreißig Jahren, es einfach nicht viele Überlebende geben könnte.

Die Zombies waren zwar nicht schnell oder besonders stark, aber es reichte schon der kleinste Kratzer von ihnen um sich anzustecken und sich zu einem von ihnen zu verwandeln.

Abgesehen davon waren viele aufgrund mangelnder Lebensmittel oder durch Krankheiten gestorben und waren wieder als Zombies auferstanden.

So konnten sie sich nach und nach vermehren und nach kurzer Zeit die gesamte Welt übernehmen.

Vor allem hatte es zuerst die alten sowie auch die erkrankten Menschen, sei es körperlich oder mental, und auch die Kinder erwischt. Das allein war genug für die schnelle Vermehrung der Zombies und ebenso schnelle Reduktion der Menschen.

Ein Heilmittel gab es nicht und es schien auch keines zu geben. Kaan pflegte immer zu sagen, dass die einzige Medizin gegen diese Bastarde eine Schusswaffe wäre. Sie diente als eine Spritze und die Munition diente als die Injektion. Man müsse sie nur in deren Gehirne hinein platzieren und schon wären sie keine Gefahr mehr.

Das war die beste Option an Heilmittel, auf die er schwor.

Weil er ständig auf der Jagd, aber auch auf der Suche nach weiteren Überlebenden gewesen war, konnte er sich nicht leisten es sich an einem sicheren Ort gemütlich zu machen. Er musste ständig unterwegs sein und dazu eignete sich sein Dodge RAM 3500, den er zu einer fahrenden Festung umgebaut hatte, sehr gut.

Sein Großvater wäre bestimmt stolz auf ihn gewesen, wenn er noch am Leben gewesen wäre.

Denn er hatte das komplette Äußere des Fahrzeuges mit Stahlgittern umrandet und gepanzert und hatte es mit allerlei Waffen ausgerüstet.

An der Front des Fahrzeuges schiebt sich ein riesiger Pflug durch die Massen angreifender Zombies. Das martialisch anmutende Eisenschild ist zusätzlich mit aufgeschweißten Dornen bewehrt. Rundum vergitterte Fenster schützen die Insassen vor den zudringlichen Zombies. Weit ausladende Felgenmesser halten die hungrigen Zombies zusätzlich auf Distanz. Zudem kann er sie automatisch einziehen, wenn er durch enge Pfade durch fahren muss.

Eine Luke im Dach ermöglicht es ihm, aus dem fahrenden Wagen auf die Angreifer, seien es nun Zombies oder Menschen mit bösen Absichten, zu schießen.

Starke Scheinwerfer machen die Nacht zum Tag. Im Kofferraum, in dem sich auch Medikamente, sowie Munitionen und Benzinkanister befanden, warten stets Druckluftkanonen auf ihren Einsatz, um seine Verfolger mit einem Netz beschießen zu können.

Und eine CB-Funkantenne auf dem Dach soll den Kontakt zu anderen Überlebenden der Katastrophe ermöglichen.

Kaan hatte an alles gedacht und war mehr als gut ausgerüstet gewesen.

Obwohl der Innenraum mit vielen Schuss- und Stichwaffen ausgestattet gewesen war, hatten dennoch, inklusive er selbst, bis zu fünf Personen Platz.

So zog er damit über das gesamte Land und versuchte so viele Zombies wie nur möglich auszuschalten.

Die Stadt Wien hatte er bereits vor Monaten verlassen, da es dort von Zombies nur so wimmelte. So viele Munitionen hatte er auch wieder nicht um gegen alle ankommen zu können. Er setzte die außer Gefecht, die ihm zu Nahe kamen und schoss sich somit sein Weg frei und fuhr aus der völlig verwüsteten Stadt hinaus.

Er hinterließ eine Stadt, die vollkommen zugrunde gegangen war. Überall umgekippte, kaputte und verbrannte Fahrzeuge. Verlassene Wohnungen und Läden, die ebenso total verwüstet und zerstört, aber vorher noch ordentlich geplündert worden waren. Man konnte vor lauter Trümmern, die auf den Straßen lagen, kaum einen Fuß vor den anderen setzen. Entgleiste Straßenbahnen, explodierte U-Bahnen, abgestürzte Hubschrauber, überall herum liegende Leichen, die großteils zerfleischt worden waren. Wilde Tiere, die mitten in der Stadt, in all dem Chaos umherliefen und sich teilweise an dem verfaulten Menschenfleisch ergötzten.

Die Stadt Wien war zu einer richtigen Geisterstadt geworden in der nur herum schleichende, heulende und grunzende Zombies umherliefen, die alle mal die Bewohner dieser Stadt gewesen waren. Sie waren alle bereits verwest gewesen und einigen von ihnen fehlten diverse Körperteile, die ihnen abgerissen oder abgebissen wurden und anderen wiederum hingen die inneren Organe aus ihrem Oberkörper heraus, die sie teilweise hinter sich herzogen, während sie vor sich hin schlenderten.

Und die gesamte Stadt war bedeckt gewesen von einem furchtbaren Gestank, die von tausenden von toten Körpern austrat. Da halfen sogar Gasmasken nichts mehr. So übel und widerlich hatte es nach totem und verfaultem Gewebe gestunken.

Das war auch eines der Gründe, wieso Kaan unbedingt aus der

Stadt hinaus wollte.

Der typische Gestank von Fäulnis war zwar im gesamten Land zu riechen, aber zumindest war es auf dem Land erträglicher gewesen als in der Stadt. Abgesehen davon befand sich Kaan großteils in seinem Fahrzeug und war dem Gestank nicht vollkommen schutzlos ausgesetzt gewesen.

So fuhr er also entlang einer Freilandstraße und hielt dabei seine Augen stets offen. Sowohl nach Überlebenden als auch nach den wandelnden Toten.

Erst vor wenigen Stunden hatte er eine kleine Herde an Zombies, die er einen Tag zuvor entdeckt hatte, aus dem Weg geräumt.

Sie befanden sich auf einer Weide in der Nähe eines Waldgebietes. Ohne ihre Aufmerksamkeit auf sich zu ziehen, hatte er ein fünf Meter tiefes, fünf Meter breites und fünf Meter langes Loch gegraben in das er einen halben Kanister Benzin ausgeschüttet hatte. Danach hatte er nach ihnen gerufen um sie in das Loch zu locken. Als Experte und Überlebenskünstler wusste er bereits, dass es unklug wäre sie alle gleich zu erschießen. Denn es war sehr wichtig, gerade in so einer Zeit, sparsam zu sein und sich die Munitionen aufzuheben. So etwas war ziemlich wertvoll. Deswegen hob er sich die Munitionen für Zeiten auf, in der er sie brauchen könnte, wenn er gerade keine andere Wahl haben sollte. Und da es um eine kleine Herde handelte, wollte er es nicht riskieren sie mit dem Messer anzugreifen. Abgesehen davon fand er derartige Aktionen mittlerweile schon langweilig. Er spielte gerne mit ihnen herum und war offen für Neues.

Wie hungrige Raubkatzen hatten sie alle, fast schon synchron, ihre bereits vor Fäulnis zerfallenen Häupter aufgerichtet und schlurften schon in die Richtung, in der Kaan gestanden hatte und schnappten dabei gierig mit ihren Unterkiefern in der Luft umher während sie sich langsam fortbewegten. Manche von ihnen streckten ihre Arme aus und andere wiederum zogen sich am Boden voran indem sie ihre verrotteten Finger mit gelblichen Krallen in den Erdboden hineinbohrten.

Während sie sich langsam aber sicher immer mehr näherten, wartete Kaan seelenruhig hinter dem Loch und zündete sich dabei eine Zigarre an und fing an sie zu paffen.

Die ersten von ihnen hatten bereits das Loch erreicht und fielen mit ausgestreckten Armen und klappernden Kiefern direkt in sie hinein. Sie versuchten mit nach oben gestreckten Armen nach Kaan zu greifen, der sie mit seiner Zigarre im Mund anstarrte. Nach wenigen Sekunden fielen auch schon die restlichen hinein und landeten auf denen, die sich bereits im Loch befanden.

In dem engen Loch klangen ihre grässlichen Laute viel lauter. Jetzt wo sie sich alle drinnen befunden hatten, griff Kaan nach dem Benzinkanister und schüttete die restliche Hälfte über sie aus und behielt den leeren Kanister für sich um sie später neu befüllen zu können.

Er machte einen letzten ordentlichen Zug von seiner Zigarre, blies den Rauch aus und warf die brennende Zigarre in das Loch hinein. Sowie sie mit dem flüssigen Brennstoff in Kontakt gekommen war, entzündete sich schon sofort der Innenraum des Loches und all die Zombies darin gleich mit.

Sie alle brannten in dem Loch lichterloh und ihre faule Haut knisterte und zischte, während Kaan, ohne sein Gesicht dabei zu verziehen, sie beobachtete. Er war das alles bereits gewohnt gewesen und kannte noch viel Schlimmeres und Ekelhaftes.

Da sie sich bereits in einem fortgeschrittenen Zustand ihrer Verwesung befunden hatten, lösten sich sofort sämtliche Hautstücke von ihren Gesichtern und Körpern herunter. In nur Sekunden waren sie alle verkohlt gewesen und der Gestank wurde noch unerträglicher als vorher.

Kaan ließ sie in dem Loch weiter brennen und machte sich wieder, mit dem leeren Benzinkanister in seiner Hand, zurück in sein Fahrzeug und fuhr davon. Von seinem Rückspiegel aus konnte er noch kilometerweit den schwarzen Rauch und einige Stichflammen hoch in den Himmel ragen sehen.

Und so befand er sich immer noch auf einer Freilandstraße und hielt weiter Ausschau, sowohl nach wandelnden Toten als auch nach potenziellen Überlebenden. In seinem, der Apokalypse angepasstem Fahrzeug, hatte er sich auch einiges an Musik in sein Player mit eingespeichert. Denn ohne etwas Musik war die Welt, in der er sich befand, überhaupt nicht ertragbar gewesen. Die Musik war wie eine Salbe für seine Seele und sorgte dafür, dass er nicht vollkommen durchdrehte.

So hörte er, während der Fahrt den Musiktitel „The Hunter" von Adam Jensen und nickte, passend zum Takt, mit seinem Kopf dazu.

Er befand sich auf einer völlig stillen und leeren Straße und war es gewohnt gewesen, dass die Landschaft um ihn herum einfach an ihm vorbei zog.

Hin und wieder flogen ein Schwarm Vögel aus den dicht aneinander stehenden Bäumen und sorgten für einen schwarzen Fleck am Himmelsfeld, der sich sofort wieder auflöste.

Manchmal rannte ihm auch ein Reh vor das Fahrzeug. Das kam ihm jedes Mal sehr gelegen, da er nicht extra auf die Jagd gehen musste um eines zu erlegen. Er nannte das immer einen perfekten „Lieferservice".

Denn davon ernährte er sich seitdem alle seine Vorräte verbraucht waren. Zu Plündern fand er selten etwas. Darauf konnte er nicht mehr zählen. Er musste sich auf die Jagd nach Freiwild begeben. Denn in Zeiten wie diesen war einfach jedes Tier zur Jagd freigegeben. Es gab keine Ausnahmen. Man jagte, erlegte und aß das Tier, das man gerade gefunden hatte. So aß Kaan auch immer stets das Tier, das er finden konnte. Dazu gehörten neben den Rehen auch Fische, Kaninchen, Vögel und sogar Schlangen und Eichhörnchen. Eben das, das ihm gerade über den Weg lief.

Es war einfach eine Zeit des Überlebens gewesen. Jeder stand auf der Nahrungskette. Die Tiere aßen sowohl sich gegenseitig als auch die Menschen. Die Menschen wiederum aßen die Tiere. Und beide, die Menschen und die Tiere wurden ebenso von den Zombies verspeist. Und die Zombies wurden von Menschen endgültig getötet. Es hieß einfach jeder gegen jeden. Sämtliche Lebewesen wurden seit Anbeginn der Apokalypse zum offenen Buffet und jeder durfte sich daran gütlich tun.

Da es weder Kalender noch Uhren gab, wusste Kaan nie welcher Tag es war und wie spät es gerade gewesen war. Bezüglich den Tage orientierte es sich stets nach seinen Gefühlen. Wachte er mal eines Morgens schlecht gelaunt auf, war es irgendwann zwischen Montag und Mittwoch. Und war er mal Morgens gut aufgelegt gewesen, musste es irgendwann zwischen Donnerstag und Freitag gewesen sein. Andernfalls waren die regnerischen Tage immer ein Sonntag für ihn und die besonders sonnigen und heißen Tage ein Freitag oder ein Samstag. Und die Zeit schätzte er ganz einfach ab. Das fiel ihm nicht besonders schwer, da er sich nach der Sonne richtete. Ging sie am Morgen auf, war es für ihn Fünf Uhr am Morgen gewesen und ging sie unter, musste es Siebzehn Uhr sein. Vorausgesetzt es waren Sommertage. Da ging die Sonne viel später unter. Und sobald nichts anderes als die Sterne am Himmel zu sehen waren, musste es zwischen Zweiundzwanzig Uhr und Mitternacht sein.

Er musste sich dabei stets auf seine Gefühle verlassen und musste lernen damit zurechtzukommen.

Und im Moment musste es bereits etwa Dreizehn Uhr gewesen sein. Denn am Himmel war keine einzige Wolke zu sehen als die pralle Sonne, die ihre wärmenden Strahlen direkt auf ihn abwarf. Denn zwischen der Mittagszeit und Fünfzehn Uhr war die Sonne immer am stärksten. Und gerade war sie dabei mit ihrer Hitze zuzunehmen. Kaan musste sich also auf einen weiteren heißen Tag bereit machen.

Er mochte die Sonne und die heißen Tage zwar sehr, aber sie konnten durchaus unerträglich werden, wenn er, sowie gerade eben auch, in seinem vollen Jäger Outfit steckte, die er sich selber zusammengestellt hatte.

Das Outfit bestand aus einer eng anliegenden Kugelsicheren-weste mit einem schwarzen T-Shirt darunter. Er trug zudem noch eine lange Cargohose, die er mit einem dicken Militär-gürtel um seine Hüften festgebunden hatte. Er trug sowohl Ellenbogen- als auch Knieschützer. Er hatte fingerlose, taktische Handschuhe an. Zudem trug er feste und schwere Springerstiefel an seinen Füßen. Und um ganz sicher zu gehen, trug er unter seiner Hose ein Tiefschutz an dessen Unbequem-lichkeit er sich, nach Jahren, gewohnt hatte.

Alles in Schwarz. Bis auf seine Sonnenbrille, die er stets auf seiner Nase trug. Die hatte rote Gläser. Diese Sonnenbrille hatte er eines Tages, als er plündern gewesen war, in einem Auto gefunden, das gegen den robusten Betonpfeiler eines Hauses gekracht war. Der bereits verwandelte Fahrer, der gierig nach seiner Hand schnappen wollte, als er gerade die Brille von dessen Augen nehmen wollte, bekam direkt hinter-her ein großes Jagdmesser in den Schädel gerammt. Kaan hatte ihn deswegen erst danach getötet, weil er ihn einfach so im Auto sitzen lassen wollte, da er dachte, dass er sowieso nicht aus dem Auto freikommen würde, hatte es sich dann aber doch noch anders überlegt.

Kaan trug stets mehrere Messer und Schusswaffen bei sich um einfach bei der gegebenen Situation, die richtige Waffe anwenden zu können. So hatte er sich in diesem Fall für ein großes Messer ohne Rillen an dessen Rücken entschieden, da sonst die Gefahr bestehen würde, dass das Messer im Schädel des Zombies stecken bleiben könnte. Für solche Beseitigungen eigneten sich Messer mit geradem Rücken am Idealsten.
Diese konnte man wieder mit Leichtigkeit herausziehen.
Mit der Brille sah er die Welt zwar in Rot, aber sie gefiel ihm ziemlich gut. War mal etwas anderes gegenüber den herkömmlichen Sonnenbrillen, die meist dunkle Gläser hatten.
Und so, von oben bis unten, vollkommen ausgestattet war er immer unterwegs gewesen.
Er fuhr mit etwa sechzig km/H auf der Freilandstraße und fand diese Geschwindigkeit genau passend. Er war weder zu schnell noch zu langsam unterwegs gewesen. Bei Gefahr konnte er beschleunigen und wenn es gerade mal sein musste, konnte er etwas mehr vom Gaspedal herunter gehen oder gleich bremsen und das Fahrzeug sofort zum Stillstand bringen.
Abgesehen davon, konnte er bei dieser Geschwindigkeit sein Umfeld viel besser beobachten und verpasste kaum bis nur wenig etwas.
So zum Beispiel hätte er vielleicht das kleine Mädchen übersehen, das rechts entlang des Waldes um ihr Leben lief.
Sofort trat er auf das Gaspedal, riss das Lenkrad mit voller Wucht nach rechts, sodass die Hinterreifen eine deutliche Spur am trockenen Asphalt hinterlassen hatten während sie zur selben Zeit das typische Quietschen von sich gaben.
Mit achtzig km/H raste er direkt auf das kleine Mädchen zu, überholte sie und trat mit beiden Füßen auf die Bremse, sodass es ruckartig zum Stehen kam. Er nahm sich, für alle Fälle,

seine Heckler & Koch Fabarm FP6, die auf dem Beifahrersitz geruht hatte und stieg sofort aus. In diesem Moment hatte sich das kleine Mädchen ihm auch schon genähert und fiel vor Schreck um als sie einen wie einen Soldaten ausgerüsteten und bewaffneten Mann vor sich stehen gesehen hatte.

Zitternd und mit ängstlichen Blicken sah sie zu ihm hinauf und konnte sehen, wie er sich eine Zigarre in den Mund gesteckt und angezündet hatte, während seine ebenso furchteinflößende Waffe auf seiner Schulter ruhte.

>>*Na los, stell dich hinter mich!*<<

forderte er das kleine und erschrockene Mädchen auf.

Anstatt das zu tun, was er von ihr wollte, sah sie ihn weiterhin mit verängstigten Blicken an. Diesmal wurde seine Stimme etwas strenger:

>>*Mach schon!*<<

Diesmal wusste sie, dass er es auch ernst meint. So richtete sie sich sofort wieder auf und hielt sich direkt hinter seinem Rücken versteckt. Genau in diesem Moment hörten die beiden das Knistern und Brechen von kleinen und dünnen Ästen, die am Waldboden gelegen hatten und zur selben Zeit auch langsame und schwerfallende Schritte, die immer näher kamen und dabei immer lauter wurden. Je näher die Schrittgeräusche kamen umso besser konnten sie auch die ein wenig gedämpften Rufe hören, die so klangen als würde jemand verzweifelt zu sprechen versuchen, es jedoch nicht können, weil er sehr große Zahnschmerzen hatte.

Es dauerte keine fünf Sekunden und schon trat hinter den dichten Bäumen ein Zombie hervor und stand direkt ihnen gegenüber. Er war bereits auf einer sehr hohen Verwesungsstufe. Seine gesamte Oberkleidung fehlte, sodass Kaan einen guten Blick auf das Gestell aus purem Gerippe werfen konnte, das von einer, vor Fäulnis sich in braunen und violetten Tönen verfärbte, Haut umhüllt gewesen war.

Drunter hatte er zerrissene blaue Jeans an und Kaan dachte, dass ihm auch ein Schuh fehlen würde, aber es fehlte ihm gleich der ganze linke Fuß.

Der Zombie näherte sich weiter den beiden zu. Kaan zog kräftig an seiner Zigarre, blies den Rauch in Richtung des sich nähernden Zombies aus, richtete den Lauf seiner FP6 direkt auf dessen Kopf und drückte ab. Das kleine Mädchen drückte bei dem Knall ihre Augen ganz fest zu und zuckte dabei reflexartig mit ihren Schultern. Die Kugel drang sofort in den verfaulten und teilweise bereits zerfallenen Schädel hinein und ließ ihn schlagartig explodieren. Verfaultes Gewebe und dickflüssig sowie schleimiges Blut und sonstiges an Gehirnmasse verteilten sich auf dem naheliegenden Waldboden und der restliche Körper des Zombies kippte wie ein gefällter Baum um.

Kaan senkte seine Waffe nieder und starrte den leblosen Körper des Zombies an, während er weiter an seiner Zigarre paffte. Danach wendete er sich dem kleinen Mädchen zu und wollte folgendes von ihr wissen:

>>*Was machst du ganz alleine hier draußen Mädchen? Wo ist deine Familie?*<<

Sie gab ihm sofort eine Antwort und klang dabei sehr traurig:

>>*Meine Familie ist tot.*<<

Kaan nickte langsam und verständnisvoll mit seinem Kopf und hatte eine weitere Frage an sie:

>>*Wie ist dein Name?*<<

Das kleine Mädchen sah zu ihm hinauf und sagte:

>>*Ich heiße Lisa.*<<

>>*Freut mich deine Bekanntschaft zu machen Lisa! Mein Name ist Kaan.*<<

stellte er sich ihr vor und stellte sofort seine nächste Frage:

>>*Hast du sonst niemanden hier draußen? Geschwister oder*

45

Freunde zum Beispiel?<<

Lisa senkte ihren Kopf herab und antwortete ihm mit einer noch traurigeren Stimme als zuvor:

>>*Nein, ich bin ganz alleine. Ich habe sonst niemanden.*<<

Auch hier nickte Kaan verständnisvoll und sagte:

>>*Na gut, lass uns lieber mal von hier abhauen! Ich war sehr laut als ich diesen miesen Bastard getötet habe. In wenigen Minuten wird es hier von Zombies nur so wimmeln. Da würde ich vorschlagen, dass wir bei dieser Party dann nicht mehr mitmachen. Über alles andere unterhalten wir uns dann nachher.*<<

Lisa nickte ihm zu.

Kaan schmiss seine bis zur Hälfte gepaffte Zigarre in Richtung des erlegten Zombies und ging zu seinem Fahrzeug zurück.

Lisa ging ihm dicht hinterher. Sie stiegen ein und fuhren davon.

Die Hinterräder seines Fahrzeuges wirbelten dabei die ganze Erde unter ihnen herum und schleuderten sie gegen die Bäume wie ein Holzhäcksler.

Während der Fahrt wollte Kaan von Lisa wissen, ob sie auf Musik stehen würde und sie gab ihm ein deutliches „Ja" zu verstehen, woraufhin er den eingespeicherten Player seines Fahrzeuges aufdrehte und etwas Musik aus ihr erklingen ließ.

Es war nicht so ganz Lisa's Geschmack, aber sie fand sie auch nicht besonders schlecht.

So fuhren sie der heißen Sonne entgegen, während sie dabei „Far From Home" von Sam Tinnesz hörten und Kaan nicht auffiel, dass Lisa besorgte Blicke auf ihre rechte Schulter geworfen hatte, während sie sie mit ihrer linken Hand fest zudrückte.

Jetzt waren sie gute zwei Stunden gefahren und Lisa war sowohl müde als auch hungrig. Zuvor hatte er ihr einen kleinen Müsliriegel, den er noch von seiner letzten Suche bei sich hatte, zum essen gegeben. Doch ein kleiner Müsliriegel war noch zu wenig um den Hunger zu stillen. Also hatte Kaan beschlossen eine nahegelegene Ortschaft beziehungsweise eine kleine Stadt aufzusuchen, in der sie etwas essbares finden können. Denn auch er bekam schon so langsam etwas hunger. Viel Hoffnung hatte er dabei zwar nicht, aber ein Versuch war es immer wert gewesen. Denn abgesehen von Speisen und Getränken würden sie auch sonstiges an Gegenständen finden, die ihnen nützlich sein könnten. Munition, Benzin, Medikamente, Schutzausrüstung, et cetera könnten sie sehr gut gebrauchen. Kaan fuhr vorsichtig und langsam mit gerade einmal fünf km/H als sie die nahegelegene Stadt erreicht hatten. Auch hier sah es nicht anders aus als in den anderen Städten. Überall Massen an Fahrzeugen, die ineinander gerast und teilweise abgebrannt sind. Der Gestank von Verwestem und sonstigen Abgasen, die sich in der gesamten Luft breit gemacht haben. Die gesamte Stadt war unter Verwüstungen und Wracks begraben gewesen.

Nicht weit von ihnen entfernt konnte Lisa eine männliche Leiche sehen, in dessen Kopf ein Pfeil steckte.

Kaan war dieses Szenarien längst gewohnt gewesen, aber Lisa war noch viel zu jung um all das wirklich verkraften zu können.

Es war immer ein eigenartiges Gefühl, das sich in ihr breit machte, jedes Mal, wenn sie so etwas zu sehen bekam. Sie konnte nicht hinsehen, aber auch nicht wegsehen.

Sie würde noch einiges an Zeit benötigen um sich auch wirklich in diese Welt, zu der sie sich ganz und gar nicht dazu gehörend fühlte, gewöhnen müssen. Ob es ihr nun gefiel oder nicht.

Das Fahrzeug hielt an und Kaan schlug vor, dass Lisa lieber sitzen bleiben sollte, damit sie vor möglichen Gefahren geschützt bleiben konnte.

Ohne ihm zu widersprechen willigte sie ein und blieb sitzen, während Kaan vorsichtig und langsam ausstieg.

Er machte langsam die Tür seines Fahrzeuges zu und sah sich in der Umgebung ein wenig um, bevor er losging und nach etwas Essbarem beziehungsweise Brauchbarem suchte.

Seine Hand hielt er dabei stets über seiner Glock 19/Gen4 bereit, die in seinem Holster steckte, der an seinem Gürtel auf der rechten Seite befestigt gewesen war.

Diese Schusswaffe eignete sich hervorragend in Zeiten wie diesen, da sie eine Magazinkapazität für fünfzehn Patronen hatte. Das hatte den Vorteil, dass er nicht schon nach ein paar Schüssen das Magazin auswechseln musste.

Fünfzehn Patronen hießen zugleich fünfzehn erlegte Körper, ob tot oder lebendig. Denn Kaan schoss niemals daneben und landete immer, sofern er das wollte, einen tödlichen Schuss.

So machte er einen vorsichtigen Schritt nach dem anderen und sah sich mal links und mal rechts um.

Lisa schien sich im Fahrzeug zu langweilen und seufzte hin und wieder vor sich herum.

Sie sah sich darin ein wenig um. Sehr viele Schusswaffen befanden sich darin. Auch einiges an Messern und Macheten waren sowohl an die Sitze als auch an die Decke des Fahrzeuges befestigt gewesen. An den inneren Seitentüren befanden sich kleinere Schusswaffen und auch die passenden Munitionen dazu. So viele Waffen an einem Haufen hatte sie bisher nie gesehen. Doch dieses Arsenal an Waffen schreckte sie nicht ab, da sie bereits jetzt schon das Gefühl hatte, dass Kaan zu den Guten gehörte und konnte ihn daher gut leiden.

Während sie sich im Fahrzeug hin und her bewegte um sich

alles genauer ansehen zu können, verspürte sie einen großen Schmerz, der von ihrer rechten Schulter ausging.

Sofort drückte sie ihre Hand dagegen und verzog dabei das Gesicht.

Sie hob ihr T-Shirt ein wenig an um nach der Wunde zu sehen und sicherstellen zu können, wie schlimm sie bereits geworden war.

Ihr kamen sofort die Tränen hoch als sie die Bisswunde mit den Zahnabdrücken, die sich mittlerweile entzündet hatten gesehen hatte. Sie war zudem noch von einer Farbmischung aus Blau, Rot und Violett umrandet gewesen.

Aber Lisa versuchte stark zu bleiben und schaffte es ihre Tränen zurückzuhalten und achtete darauf, dass Kaan davon nichts mitbekommt.

Sie wischte sich ihre Tränen mit den Händen ab, richtete sich ihr T-Shirt, auf dem das Bild einer Zeichentrickkatze abgebildet gewesen war, zurecht und setzte sich wieder ordentlich hin.

Dabei merkte sie nicht, dass sich drei Zombies ihr langsam von hinten näherten.

Kaan hatte sich in der Zwischenzeit bereits einige Wracks, die früher einmal richtige Autos gewesen waren, angesehen und nichts Nützliches in ihnen gefunden.

Er ging dabei immer sehr geschickt vor und vergewisserte sich zuerst vom Innenraum der Fahrzeuge, indem er mit gezückter Schusswaffe einen vorsichtigen Blick hinein warf.

Sofern sich keine möglichen Gefahren darin befanden, konnte er in aller Ruhe einsteigen. Das galt auch für die Kofferräume der Fahrzeuge, aber auch für sonstige Häuser, Wohnungen, Lagerhallen, Supermärkte und sonstige geschlossene Räumlichkeiten, deren Innenräume nicht übersichtlich genug gewesen waren. Denn wenn er einfach so irgendwo hineinspazieren würde, ohne sich vorher vergewissert zu haben, dass sich mögliche Gefahren darin befinden könnten, könnte ihn das sein Leben kosten. Daher war Vorsicht oberstes Gebot in einer Welt in der es keine Gesetze gab und man sich auf nichts und niemanden mehr verlassen konnte.

Der kleinste Fehler, könnte einem fatale Probleme bereiten.

Und Kaan konnte so etwas gar nicht ausstehen.

Die drei Zombies hatten sich seinem Fahrzeug noch etwas mehr genähert und Lisa bekam davon immer noch nichts mit.

Er hatte zwar hin und wieder einen Blick darauf geworfen um es im Auge zu behalten, doch je mehr er sich davon distanzierte umso schlechter konnte er es beobachten.

Etwas, dass er eigentlich nicht tun sollte, aber er war daher nicht so sehr besorgt gewesen, da es niemand schaffen würde, in das umgebaute Fahrzeug einzubrechen.

Es war hochgesichert und dadurch bestand keine Gefahr diesbezüglich, aber da sich nunmal ein junges Mädchen darin befunden hatte, machte er sich dennoch ein wenig Sorgen.

Daher wollte er sich umso mehr beeilen und nicht allzu viel Zeit verschwenden.

Er entdeckte ein kleines Wirtshaus und dachte sich so etwas wie den Jackpot geknackt zu haben, aber die Vergangenheit hatte ihn bereits gelehrt, dass Vorfreude nur eine Illusion ist.

Denn schon so oft wurde er enttäuscht, als er in Objekten wie diesen nichts mehr vorgefunden hatte.

Daher war er auch in diesem Fall nicht besonders optimistisch gewesen, aber ohne einen Blick hinein geworfen zu haben, wollte er auch nicht weiterziehen.

Also hielt er seine Glock vor sich ausgestreckt und zog zudem mit der linken Hand ein Jagdmesser aus seinem Hosenbund heraus um ganz sicher zu gehen und für überraschende Angriffe vorbereitet zu sein.

Von Außen konnte er nicht in das Innere sehen. Es war viel zu dunkel gewesen. Deswegen nahm er seine Sonnenbrille mit den roten Gläsern lieber ab um besser sehen zu können.

Mit langsamen Schritten näherte er sich dem Wirtshaus und öffnete ganz sachte die Tür. Mit dem Lauf seiner Glock voran betrat er das Innere und fand sich in einer dunklen, heruntergekommenen und staubigen Ort wieder.

Er blieb stehen und ließ sein Blick im gesamten Raum schweifen.

Dabei konnte er erkennen, dass einige, mittlerweile bereits kaputte, Holzbretter an den Fenstern festgenagelt waren.

Muss wohl das Werk von den ehemaligen Besitzern, vielleicht aber auch von sonstigen Personen, die darin Schutz gesucht hatten, gewesen sein.

Wer auch immer dafür verantwortlich gewesen war, war auf jeden Fall schon längst wieder geflüchtet. Denn Kaan konnte weder jemanden sehen noch etwas hören.

Es schien so, als wäre er die einzige Person, die sich darin aufhielt.

Um ganz sicher zu gehen entschloss er sich noch ein wenig darin umzusehen.

Vorsichtig mit vorgehaltener Waffe beugte er sich über die Bartheke und vergewisserte sich, dass sich niemand dahinter versteckte. Als die Luft auch dort, mehr oder weniger, rein war, ging er weiter nach hinten um auch die hinteren Räume abzuchecken.

Der alte Holzboden unter seinen schweren Schuhen knarrte und quitschte bei jedem seiner Schritte. Die vollkommen verfaulte Decke über ihm drohte jeden Moment zusammenzubrechen und ihn unter sich zu begraben. Die Wände waren bereits mit Schimmel bedeckt und zudem auch mit Wasser- und Blutflecken verziert gewesen. Ein Raum stank fürchterlicher als der andere. Kein Zweifel, dass es sich dabei nur um den Gestank von vergammelten Wänden und Decken handelte.

Selbst menschliche Fäkalien waren vorhanden, die bereits vor langer Zeit die Därme passiert und letztendlich ausgeschieden wurden.

Es wurde immer dunkler, je tiefer er das abgeschottete Wirtshaus inspizierte, sodass er sein Jagdmesser wieder weggesteckt und stattdessen eine kleine Taschenlampe heraus geholt hatte. Doch auch sie half nicht dabei etwas Brauchbares zu finden. Sie setzte ihm lediglich nur noch mehr verdorbenes und abgestandenes vor die Augen vor.

Während er sorgfältig das gesamte Wirtshaus durchsuchte, hatten sich die drei Zombies bereits dem Fahrzeug, in dem auch das junge Mädchen Lisa saß, ein gutes Stück mehr genähert. Es fehlten nur noch wenige Meter bis sie das Fahrzeug erreichen konnten.

Kaan musste, so wie er es auch gar nicht erwartet hatte, feststellen, dass er absolut nichts gefunden hatte. Weder etwas zu essen oder zu trinken. Selbst irgendwelche nützlichen Gegenstände waren nicht vorhanden. Irgendjemand oder sogar noch viele mehr, mussten das gesamte Wirtshaus schon viel früher komplett geplündert haben. Nach dreißig Jahren Apokalypse wäre es ja auch ein sehr großes Wunder gewesen, wenn in irgendeinem Laden noch etwas Nützliches auffindbar gewesen wäre.

Dennoch etwas enttäuscht verließ er das Wirtshaus wieder und kurz bevor er wieder die Straße betreten konnte, wurde er auf eine kleine Schatulle aus Holz aufmerksam, die auf dem Boden gelegen hatte. Er hatte sie beim Betreten nicht gesehen, weil sie dicht hinter dem Türrahmen gelegen hatte. Zudem war sie auch noch ziemlich klein und dunkel gefärbt. Muss wohl jemand in seiner Eile beziehungsweise auf der Flucht verloren haben. Er kniete sich hin und hob die Schatulle auf. Nachdem er sie sich ein wenig angesehen hatte, öffnete er den Deckel und stand dabei gleichzeitig auf. Darin befanden sich nur zwei Dinge. Ein schon etwas gelblich verfärbtes und zerknittertes Stück Papier, das gefaltet gewesen war und wie ein Brief ausgesehen hatte und darunter eine Halskette, ähnlich wie die Erkennungsmarke eines Soldaten. Er sah sich die Kette zuerst an und laß die Inschrift, die darauf graviert gewesen war. Es stand nur ein einziges Wort darauf, -WOLF-. Kaan dachte sich nicht viel dabei, aber die Halskette schien ihm gefallen zu haben, weswegen er sie sich sofort um sein Hals gehängt hatte. Den Brief hob er sich für später auf und steckte ihn in seine Hosentasche. Die schöne Holzschatulle nahm er auch mit und dachte, es wäre vielleicht ein hübsches Geschenk für Lisa.

Nun verließ er das Wirtshaus endgültig und so wie er sich wieder in das Tageslicht begeben hatte, musste er seine beiden Augen zukneifen. Sofort setzte er sich wieder seine Sonnenbrille auf und machte sich auf den Weg zurück zu seinem Fahrzeug.

Kaum hatte er sich ihm genähert, fing er sofort zu sprinten an und zog dabei sein Jagdmesser aus seinem Hosenbund heraus. Denn die drei Zombies hatten bereits das Fahrzeug erreicht und klebten an dem Fenster auf der Beifahrerseite auf der bereits Lisa gesessen hatte. Sie hatte sich vor Angst und Panik nach hinten gelehnt und schrie dabei ganz laut. Zum Glück war das Fahrzeug so ausgestattet gewesen, dass nicht viel Lärm nach Außen dringen konnte, weswegen ihr umso mehr Zombies erspart geblieben waren. Andernfalls hätte sich bereits eine ganze Horde um das Fahrzeug versammelt.

Die drei Zombies versuchten mit aller Gewalt in das Fahrzeug einzubrechen und klopften und kratzen an der gepanzerten Fensterscheibe. Lisa konnte deutlich sehen, wie dabei einem der Zombies die Nägel sich aus seinen Fingern lösten und langsam die Fensterscheibe hinunterrutschten.

Einem anderen brach die Nase ab bei dem Versuch in die Fensterscheibe zu beißen. Lisa hielt sich die Ohren zu, weil sie die Schmatz- und Kaugeräusche, die die Zombies von sich gaben, nicht aushielt.

Es dauerte nicht lange und schon war Kaan ihr erneut zur Hilfe geeilt gewesen. Er zog eines der Zombies zu sich und rammte ihm sofort das Jagdmesser in sein Schädel hinein und der erste Zombie ging somit elendig zu Boden.

Dann stieß er den nächsten zur Seite, sodass er umfiel. Sofort stürzte er sich auf den am Boden liegenden Zombie und rammte auch ihm das Jagdmesser direkt mitten in seine Stirn hinein. Der zweite war erledigt. Der dritte und somit der letzte Zombie war schon dabei sich auf ihn zu stürzen, aber Kaan war schneller, sodass er ihm noch rechtzeitig, mit einer sauberen Rolle nach vorne, ausweichen konnte.

Er stand auf auf und jagte auch dem letzten das Jagdmesser in seinen verrotteten Schädel und schickte auch ihn für immer und ewig zu Boden.

Da Kaan eine sehr gute Kondition hatte und auf seine körperliche Fitness achtete, war er dabei kaum aus der Puste gekommen.

Er hätte locker noch ein paar mehr erledigen können bei diesem Adrenalin-Ausstoß.

Er kniete sich hin und putzte die Klinge des Jagdmesser's auf der verdreckten Bekleidung an einem der Zombies ab, steckte es wieder zurück in sein Hosenbund und ging zu seinem Fahrzeug hinüber.

Lisa wusste nicht was sich da draußen abgespielt hatte, weil sie sich vor lauter Angst kaum bewegen konnte. Sie traute sich nicht nachzusehen.

Nachdem es ihr etwas zu lange dauerte und sowohl die toten Angreifer als auch ihre ekelerregenden Schmatz- und Kaugeräusche verschwunden waren, richtete sie sich wieder auf und wollte aus dem Fenster hinaus sehen.

Alles was sie sehen konnte, waren drei Zombies, die auf dem Boden lagen und sich nicht mehr bewegten. Sie fragte sich wo Kaan bloß bleiben würde und ließ ihre verängstigten Augen etwas mehr hin und her schweifen. Sie sah immer noch nichts. Doch dann, ganz plötzlich, ging die Tür auf der Fahrerseite auf und Lisa schrie vor lauter Angst und drückte ihren gesamten Körper gegen die Tür von der Beifahrerseite. So wie er sich hinein gesetzt hatte, beruhigte Kaan sie wieder, sodass sie auf der Stelle zu Schreien aufhörte. Langsam setzte sie sich wieder etwas bequemer hin. Kaan sah sie an, lächelte dabei ein wenig und sagte:

>>*In diesem Fahrzeug...bist du sicherer als nirgendwo sonst auf der Welt.*<<

Lisa sagte nichts. Sie hatte sich noch nicht ganz beruhigt und atmete daher laut ein und aus.

>>*Sieh her!...*<<

sagte Kaan und übergab ihr die Holzschatulle, die er beim Verlassen des Wirtshauses gefunden hatte und fügte hinzu:

>>*Die habe ich für dich mitgebracht.*<<

Mit zitternden Händen nahm sie ihr Geschenk entgegen, sah sie sich an und sagte:

>>*Danke!*<<

Kaan lächelte weiter, drehte den Motor der fahrenden Festung auf und sagte:

>>*Leider hatten wir kein Glück hier, aber es ist ja noch hell. Daher gehen wir zwei jetzt auf die Jagd!*<<

Er drehte sein Radio auf und sie fuhren in Begleitung zu der Musik „Legends Are Made" von Sam Tinnesz davon.

KAPITEL 2

DAS ENDE EINER KURZEN FREUNDSCHAFT

Sie befanden sich gerade auf der Pirsch und beobachteten ein Kaninchen dabei wie es froh und munter an dem Gras, das die Weide in ein beruhigendes Grün bedeckt hatte, knabberte. Kaan zeigte Lisa wie man ein Kaninchen am Besten erlegte und forderte sie, auf eine nette Art und Weise, auf, gut aufzupassen und sagte in einem leisen und ruhigen Ton:
>>*Siehst du es Lisa? Unser Abendessen ist gerade dabei selbst zu essen. Tja, so läuft das nunmal in der Nahrungskette. Man frisst und wird gefressen.*<<
Lisa schwieg und lauschte ihm weiter zu. Er holte seine schallgedämpfte Jagdwaffe RT43 von ROEDALE zur Hand, setzte sie an und visierte damit auf das Kaninchen.
Er verhielt sich dabei sehr ruhig und konzentriert. Kurz bevor er den Gnadenschuss für das Kaninchen abfeuern sollte, sagte er im Flüsterton, während er immer noch das Kaninchen im Visier hatte, folgendes zu Lisa:
>>*Und so, liebe Lisa, erlegt man seine Beute am Besten.*<<
Und schon im nächsten Moment traf die Kugel, die aus der Jagdwaffe abgefeuert wurde, das Kaninchen, sodass es auf der Stelle tot umgefallen war.
Lisa fand den Anblick zwar sehr verstörend, aber auch sie wusste, dass sie in diesem Fall keine andere Wahl hatten und sich davon ernähren mussten. Sie kannte das bereits von ihrem Vater, der sie schon das eine oder andere Mal mit auf die Jagd genommen hatte. Auch er pflegte stets ähnliches wie Kaan zu sagen, „Fressen oder gefressen werden."
Sie standen wieder auf, klopften sich das Bisschen Erde von ihrer Bekleidung ab und gingen mit langsamen Schritten um

das erlegte Kaninchen zu holen.
Kaan griff es an seinen Hinterpfoten und hielt es, fast schon triumphierend, hoch über sein Kopf während er sagte:
>>*Schon mal ein Hasenkebap gegessen?*<<
Lisa sah ihn mit fragenden Blicken an und vermittelte ihm damit den Eindruck, dass sie gar nicht wissen würde, wovon er da sprach. Kaan lächelte ein wenig und sagte:
>>*Na komm, lass uns grillen!*<<

Das Lagerfeuer brodelte während die trockenen und dürren Äste darin knisterten und dabei das zarte Fleisch des Kaninchens grillte.
Kaan hatte darauf aufgepasst, dass das Feuer nicht zu hoch wurde, sodass feindlich gesinnte Überlebende und natürlich auch die Zombies darauf nicht aufmerksam werden konnten.
Gegen den schwarz-grauen und dichten Rauch, der in den Himmel empor stieg, konnte er nicht viel machen. Hin und wieder wirbelte er ihn mit einer kleinen Decke, die er seinem Fahrzeug entwendet hatte, hin und her, damit er sich ein wenig auflösen konnte.
Die Sonne war schon fast untergegangen als sie endlich ihre frisch erlegte Mahlzeit zu sich nehmen konnten.
Sie befanden sich fast schon am Rande einer Freilandstraße und waren nicht allzu tief in den Wald hineingegangen.
Dadurch konnte Kaan einen besseren Überblick auf das gesamte Umfeld erhaschen.
Kaan beobachtete Lisa dabei, wie gierig sie an dem Fleisch knabberte und dabei fast die Knochen mitgegessen hatte. Er musste dabei ein wenig Schmunzeln, weil sie ihm in diesem Moment wie eines der Zombies vorgekommen war, die an ihrer Beute herumnagten.
Es war jetzt eine gute Gelegenheit um sie ein wenig besser

kennenzulernen.

Also fing er das Gespräch an und seine erste Frage lautete:
>>*Was ist mit deinen Eltern passiert?*<<

Lisa war immer noch dabei wie eine Rekordhalterin zu mampfen, die unbedingt ihren Titel verteidigen wollte und erstickte beinahe bei dem Versuch ihm eine schnelle Antwort zu geben. Nachdem sie ein wenig gehustet und ihre Speiseröhren wieder frei gemacht hatte, gab sie ihm eine Antwort:
>>*Sie sind beide tot...*<<

Mitfühlend sprach Kaan ihr sein Beileid aus und sie sprach weiter während sie sich mit ihrem Handrücken den Mund abwischte:
>>*Kurz bevor wir beide uns begegnet sind, wurden mein Vater und ich von einer Gruppe Zombies angegriffen. Sie hatten unser Zelt attackiert und mein Vater versuchte mich zu beschützen, aber sie waren zu viele und griffen überraschend an.*<<

>>*Verstehe.*<<

sagte Kaan. Lisa erzählte weiter:
>>*Ich wollte ihn zwar nicht im Stich lassen und weglaufen, aber mein Vater wollte unbedingt, dass ich schleunigst verschwinden und irgendwo Schutz suchen soll.*<<

Ihr kamen dabei die Tränen hoch, die sie versuchte mutig zurückzuhalten.

>>*Bist du denn sicher, dass dein Vater gestorben sein könnte? Vielleicht hat er es ja überlebt. Wir sollten nach ihm suchen.*<<

wollte Kaan ihr Hoffnung machen, aber sie schüttelte mit dem Kopf und sagte mit trauriger Stimme:
>>*Wäre sinnlos...denn ich konnte sehen, wie einer von ihnen ihm in den Oberarm gebissen und ein Stück Fleisch herausgerissen hatte. Ich war nämlich nicht sofort weggerannt, sondern wartete und überlegte dennoch, wie ich behilflich sein*

könnte, aber als ich dann zusehen musste, wie sie über ihn her-
gefallen waren, lief ich davon. Und einer von ihnen war mir
gefolgt, bis du ihn dann getötet hast.<<
Nickend starrte Kaan dabei auf den Boden. Danach erhob er
sein Kopf und fragte:
>>Was ist mit deiner Mutter? War sie nicht bei euch?<<
Diesmal starrte Lisa auf den Boden, holte einmal tief Luft und
sagte:
>>Sie ist bereits vor einiger Zeit gestorben...<<
Noch bevor Kaan darauf reagieren konnte, griff sie unter ihr T-
Shirt und holte eine Halskette heraus an der ein etwas kleiner
flaschenähnlicher Behälter dran hängte und sagte:
>>Hier drinnen befindet sich ihre Asche...Zumindest ein Teil
von ihr.<<
Kaan schwieg und wusste nicht was er darauf sagen sollte. Lisa
sprach weiter:
>>Nachdem sie am Bein gebissen wurde als wir gerade dabei
gewesen waren ein Bach zu überqueren, wollte sie unbedingt,
dass mein Vater sie tötet, damit sie nicht zu einen von denen
werden kann. Er zögerte und brachte es nicht über sein Herz,
aber musste sich am Ende geschlagen geben, weil er ihr den
letzten Wunsch nicht verwehren wollte...Danach hatte er sie
verbrannt und ein Stück ihres Herzens in dieser Kette auf-
bewahrt, damit sie immer bei mir sein kann. Die restliche
Asche von ihr hat er in den Bach, der für ihren Tod gesorgt
hatte, ausgeschüttet und dabei voller Tränen gesagt, „Hier!
Da hast sie nun für immer! Du hast sie mir genommen, also sei
so ehrenhaft und behalte sie auch bei dir!"<<
Kaan schwieg für einen Moment, bevor er folgendes sagte:
>>Bei Beileid auch dafür!...Ich weiß, wie es ist, wenn man
seine Eltern verliert. Auch ich habe sie leider verloren.<<
Sie schwiegen für einen kurzen Moment und Kaan wollte

wissen wie alt Lisa eigentlich ist. Sie sagte, dass sie zwölf Jahre alt sei und genau wie Kaan keine Geschwister hatte. Daraufhin sagte Kaan, dass sie so einiges gemeinsam hätten und sie lächelten dabei ein wenig.

Dann sagte Kaan noch:

>>*Und wir sind beide in die Apokalypse hineingeboren.*<<

Auch hier lächelten sie sich gegenseitig an.

Dann wollte Lisa von ihm so einiges wissen und war gerade dabei ihre erste Frage zu stellen. Doch ihr wurde plötzlich schwindelig und sie begann wie ein Wasserfall zu schwitzen an. Ihre Augen rollten nach oben und ihre Lider flatterten wie die Flügel eines Kolibri. Sie taumelte noch ein wenig hin und her ehe sie auf den Boden umgefallen war.

Kaan stand sofort auf und rannte zu ihr hinüber. Er dachte sich, dass sie vielleicht eine Art Lebensmittelvergiftung vom Kaninchen gehabt haben könnte und hob sie leicht an um ihren Puls und ihre Atemwege überprüfen zu können.

Kurz bevor er ihr eine Mund-zu-Mund-Beatmung geben wollte, stockte ihm sein Atem als ihm gerade ihre Bisswunde an ihrer Schulter aufgefallen war. Sofort ließ er wieder von ihr ab und richtete sich ganz schnell wieder auf. Er griff sich verzweifelt am Kopf und war außer sich gewesen.

Er ging ein paar nervös Mal auf und ab und überlegte sich was er nun tun sollte. Er hatte sie doch gerade erst lieb gewonnen und hatte sich über die neue Freundschaft gefreut und jetzt sollte sie wieder dahin scheiden?

Er sagte sich immer wieder, „Nein!, Nein!, Nein!".

Dann griff er nach seiner Glock, zog es aus dem Holster heraus und richtete ihn direkt an den Kopf von Lisa, die am Boden herumzappelte wie ein Fisch, der an Land gespült worden ist. So langsam sprudelte aus ihrem Mund auch weißer Schaum heraus und sie gab Laute von sich als wäre sie gerade dabei zu

Ersticken. Kaan wusste ganz genau, dass sie gerade dabei war zu sterben, weil sie auch gebissen worden ist und kurzer Zeit später als einer von diesen miesen Bastarden wieder erwachen würde. Normalerweise hätte er der Person, die gebissen wurde und die man nicht mehr retten konnte, bereits erschossen, aber er hatte das junge Mädchen in sein Herz geschlossen wie als wäre sie seine Schwester und es fiel ihm daher schwer den Abzug zu drücken.

Wenn der Biss zumindest an ihrer Hand oder ihrem Fuß gewesen wäre und sie ihm das rechtzeitig vorher verraten hätte, hätte er sie ihr amputieren und sie dadurch vielleicht noch retten können. Doch es war die gottverdammte Schulter gewesen und abgesehen davon, hatte sie ihm nichts davon erzählt. Selbst wenn die Bisswunde an einem ihrer Gliedmaßen gewesen wäre, könnte er ab diesem Zeitpunkt nichts mehr für sie machen.

Der einzige Ausweg war es, ihr eine gottverdammte Kugel in den Kopf zu jagen und sie von ihrem Leid zu erlösen.

Er konnte den Anblick sie so sehen zu müssen nicht mehr länger ertragen und hatte schlussendlich seine Entscheidung gefällt.

Er entsicherte seine Waffe, sagte ihr noch ein paar Worte zum Abschied, die folgendes beinhalteten, „Es tut mir sehr Leid Kleines, aber das ist nur zu deinem Besten. Es hatte mich sehr gefreut, dich kennengelernt zu haben." und drückte ab.

Lisa hörte auf der Stelle zu zappeln auf und bewegte sich kein Bisschen mehr. Traurig, aber mit wütendem Gesichtsausdruck senkte er langsam seine Waffe und starrte sie eine Weile so regungslos an.

Er schloss seine Augen und ließ den leichten Wind an sich vorbeiziehen, von der er sich vorstellte, dass er die Seele von Lisa gewesen war, die in den Himmel hochgeflogen ist.

Er hatte ihre Leiche nicht verbrannt, wie es ihr Vater mit ihrer Mutter gemacht hatte. Stattdessen hatte er ihr ein Grab geschaufelt und sie angemessen begraben.

Mit Steinen in unregelmäßigen Größen umrandete er ihr Grab und stellte die Holzschatulle, die er ihr erst neulich geschenkt hatte, auf der Kopfseite ab.

Er zündete sich eine Zigarre an, blieb eine Weile vor dem Grab des jungen Mädchens stehen und kehrte ihm für immer den Rücken zu.

Zurück bei seinem Fahrzeug drehte er die Musik auf und paffte seine Zigarre weiter, während es immer dunkler wurde und der Song „Black Sky" von WAR*HALL im Hintergrund ertönte.

Vier weitere Zombies näherten sich von hinten ihm zu, die er sofort bemerkt und sein Jagdmesser, eins nach dem anderen, in ihre Schädel gerammt hatte.

Danach drückte er dem letzten Zombie, den er erlegt hatte, seine Zigarre auf seiner Stirn aus, setzte sich in sein Fahrzeug hinein und fuhr davon bis er von der Dunkelheit der Nacht verschlungen wurde.

KAPITEL 3

EIN NEUER TAG, EINE NEUE JAGD

Die Nacht hatte er bereits hinter sich gebracht, aber die Gedanken an Lisa waren noch sehr neu um sie auch genau so schnell hinter sich lassen zu können. Ihr Tod ging ihm daher so sehr an das Herz, weil sie noch ein Kind gewesen war und trotz der Apokalypse es verdient hatte ein langes und glückliches Leben zu führen.

Doch das Schicksal hatte andere Pläne mit ihr gehabt.

Das war ein weiterer Grund um noch wütender auf diese Bastarde von wandelnden Toten zu sein. Nachdem sie ihm bereits seine Eltern genommen hatten, hatten sie ihm auch noch seine neue Freundin genommen. Drei gute Gründe um diese verfaulten Mistkerle zu jagen und auszuschalten.

Dabei dachte er sich, dass er Lisa ebenso ausbilden hätte können, wie einst seine Eltern es mit ihm getan hatten. Er hatte daran gedacht sein gesamtes Können und Wissen an sie weiterzugeben und aus ihr die nächste Zombie-Jägerin zu machen.

Doch es schien so, als wäre dieses Schicksal im Moment nur ihm allein vorbehalten.

Er war möglicherweise der einzige Experte und Jäger, der sich mit dem Töten von Zombies und dem Überleben in einer solchen Apokalypse auskannte. Das würde auch seine Theorie, dass er bisher nur selten bis gar nicht jemanden getroffen hatte, bestätigen. Entweder waren sie alle bereits tot, weil sie viel zu unfähig waren um zu überleben oder sie waren alle intelligent genug um sich sichere Bunker und Verstecke zu bauen und sich darin zurückzuziehen.

Jedenfalls war Lisa seit Langem das erste menschliche Wesen das ihm über den Weg gelaufen war.

Er versuchte nicht so oft an sie zu denken und versuchte sich mit dem Jagen von weiteren Zombies abzulenken und zu beschäftigen. Denn das war ja auch irgendwie sein Beruf gewesen. Er war nunmal ein Zombie-Jäger und daran war nichts zu ändern.

Es war seine Bestimmung, seine Berufung in Zeiten wie diesen auf die Welt zu kommen und sie von diesen Parasiten zu befreien.

Doch wie lange sollte das so weitergehen? Seit dreißig Jahren hatte sich die Welt davon nicht erholen können. Sollte es vielleicht sogar nicht mehr besser werden und die Menschen, die Welt nicht wieder neu aufbauen können?

Gab es denn tatsächlich keine Heilung oder arbeiteten Spezialisten, Experten, Wissenschaftler vielleicht schon seit Jahren daran ein Gegenmittel zu erfinden? Wenn ja, wie weit waren sie und wie lange würde es noch dauern?

Um ganz ehrlich mit sich zu sein, glaubte er schon lange nicht mehr an eine Heilung und an die Besserung des aktuellen Zustandes. Ganz im Gegenteil, er wusste, dass es nur noch schlimmer werden könnte. Die Welt, wie sie einmal gewesen war, würde nicht wieder zurückkehren. Er selber hatte sie zwar vorher nicht erleben können, aber er konnte sie sich, anhand den Erzählungen seiner Eltern, ganz gut vorstellen.

Also konzentrierte er sich viel lieber auf die Fakten und die Tatsache, dass immer noch totes Gewebe auf Erden wandelte und sie schleunigst entsorgt werden mussten.

So drückte er auf das Gaspedal und fuhr mit Vollgas in eine große Horde von Zombies hinein. Dank seines schweren und großen Fahrzeuges und dem robusten Pflug an der Front schleuderte er sämtliche Zombies durch die Gegend und überfuhr sie mit Leichtigkeit. Jedes Mal, wenn er in sie hineinfuhr, explodierten ihre Körper und verteilten sich auf dem gesamten

Gelände. Es dauerte nicht lange bis es überall nur noch von abgerissenen Gliedmaßen, geplatzten Eingeweiden und Liter-weise verdorbenes Blut überschwemmt gewesen war.

Um ganz sicher zu gehen, aber vor allem durch Wut, fuhr er über manche mehrmals, damit sie auch ganz sicher nicht mehr aufstehen konnten.

Ihre Schädel knacksten und brachen auf wie Kokosnüsse wenn er mit seinen schweren Reifen über sie fuhr. Einige andere Schädel, die etwas matschiger und weitaus verdorbener ge-wesen waren, überfuhr er zu Brei und Mus und schleifte da-durch ihre Gehirne hinter sich her, sodass sie eine sehr lange und rote Spur hinter sich zogen.

Es war ein pures Gemetzel gewesen und Kaan genoss es nicht einmal.

Er wollte einfach so viele wie möglich von ihnen überfahren und unschädlich machen um hinterher auf sein Autodach zu steigen und mit seiner M134 Minigun sie alle über den Haufen zu fegen.

Er massakrierte regelrecht jeden einzelnen von ihnen und sorgte für Chaos und Verwüstung.

Während er mit seiner Minigun wild umher schoss, schrie er vor Wut ganz laut und sämtliche seiner Muskeln rüttelten und zitterten dabei während seine Stirn vor Schweiß glänzte.

Hinter den roten Gläsern seiner Sonnenbrille waren seine er-weiterten Pupillen deutlich zu erkennen.

Ein Mann gegen eine Armee von Toten, die nicht die kleinste Chance gegen ihn hatten.

Zu den Gedärmen und Eingeweiden mischten sich auch die verschossenen Patronenhülsen dazu und sie sorgten umso mehr für den Anblick eines richtigen Schlachtfeldes eines großen Krieges.

Nachdem er auch mit seiner Minigun eine ganze Menge von

ihnen erledigt hatte, stieg er von seinem Autodach hinunter, griff sich sein Sturmgewehr G36C von Heckler & Koch, mischte sich unter die restliche Herde an Zombies und feuerte aus näherer Distanz mindestens eine Kugel in ihre Schädel ab und brachte sie damit zu Boden.

Ihre Schädel explodierten wie Wassermelonen und ihre dürren und ausgehungerten Körper kippten wie Dominosteine einer nach dem anderen auf den Boden, auf dem mittlerweile Pfützen von ihrem Blut entstanden waren.

Die Luft war verseucht gewesen von ihrem verdorbenem Gestank und dem ganzen Rauch der Feuerkraft von Kaan's Waffen nachdem er sie endlich alle erledigt hatte.

Adrenalin bepackt stand er mitten im Gemetzel und atmete dabei, die Waffe immer noch in der Schussposition, laut ein und aus.

Ihm war es vollkommen egal, wie laut er dabei gewesen war und wieviele von ihnen er dadurch noch anlocken würde. Er wollte einfach seine Wut ablassen und ein wenig Stress abbauen.

Langsam senkte er sein Sturmgewehr ab während seine Brust sich vor Adrenalin immer noch auf und ab bewegte.

Er atmete einmal kräftig ein und beruhigte sich wieder so langsam.

Erst jetzt betrachtete er sein Werk, das er mit Hilfe seiner Schusswaffen gestaltet hatte und kam dabei wieder so langsam zu sich.

Er legte sein Sturmgewehr auf seine rechte Schulter und sagte zu sich selbst:

>>*Jetzt erst mal eine Zigarre!*<<

Für jemanden wie Kaan Sert war ein Gemetzel dieser Art nichts anderes als Morgensport gewesen.

Und sowie jeder Sportler in der Vergangenheit auch, war es jetzt Zeit für eine gemütliche Entspannung gewesen.

So lag er ganz entspannt auf der Motorhaube seines Fahrzeuges, an dem nun viele Fleischreste, sowie einige Körperteile, aber auch jede Menge dickflüssiges Blut dran klebten.

Um die Reinigung würde er sich schon später kümmern. Jetzt wollte er erst einmal ordentlich abschalten. Und das gelang ihm am Besten mit dem Paffen einer Zigarre und dazu etwas Musik im Hintergrund, die aus seinem Fahrzeug ertönte.

Es war „Chosen One" von Valley Of Wolves.

Auf seinem Schoß lag ein, in der Hälfte aufgerissener Schädel, der zu einem der Zombies gehörte, die er Minuten vorher brutal niedergemetzelt hatte, der ihm nun als Aschenbecher diente.

Während er so vor sich hin paffte und seine Zigarre genoss und es kurz vor der Mittagszeit gewesen war, erinnerte sich Kaan ein wenig an die Vergangenheit zurück und ließ alles in seinen Gedanken Revue passieren.

Ihm kamen viele Bilder hoch, die alles andere als schön gewesen waren.

Er erinnerte sich daran wie der Donauturm komplett in sich eingestürzt war. Und auch daran, wie einige Rebellen die UNO-City gestürmt hatten, weil sie dort Hilfe, Schutz und Nahrung suchten, aber diese ihnen verweigert worden waren.

Denn die Regierung hatte die UNO-City zu Beginn der Apokalypse als Rückzugsort in erster Linie für das eigene Personal, aber auch für sonstige wohlhabende Familien und Personen bereitgestellt. Das Beste vom Besten wurde dort eingebunkert, sodass jeder von ihnen genug von alles haben konnte. Aber das Volk durfte kein Stück von diesem Kuchen abbekommen, weswegen sich eine Gruppe an Aufständischen dies nicht mehr länger gefallen lassen wollte, weil es mittlerweile viel zu schlimm geworden war, da draußen weiter überleben zu können, stürmten sie die UNO-City zusammen mit einigen Freiwilligen und sorgten für Chaos und Verwüstung und nahmen das gesamte Gebäude in kürzester Zeit an. Doch Doch den Schaden, den sie bei ihrem gewalttätigem Eindringen verursacht hatten, konnten sie nicht schnell wieder in Ordnung bringen, woraufhin die Zombies hingedrungen waren. Die Überlebenden waren ihnen deutlich unterlegen gewesen, weswegen einige von ihnen erneut flüchten mussten während andere zur Beute geworden waren.

Er hatte miterlebt wie der gesamte Wiener Prater von Zombies belagert worden war, nachdem er für einige Zeit komplett abgeriegelt worden und mit Schutzmauern umrandet worden war. Denn auch der Wiener Prater diente, vor allem für die Obdachlosen, als Schutz vor der Seuche, die draußen ihr Unwesen getrieben hatte. Doch wegen eines dummen Fehlers eines des zuständigen Security-Personals konnten die Zombies auch dort eindringen und für ein Massaker sorgen. Er kann sich noch sehr gut an die Worte seines Vaters erinnern, der zu ihm sagte, dass sich von dem Tag an nun richtige Monster in sämtlichen Geisterbahnen befinden würden.

Er hatte miterlebt, wie diverse Hilfscamps, wie die auf dem Kahlenberg ebenfalls nicht lange gestanden hatten.

Nichts hatte wirklichen Schutz vor dem Angriff der Zombies bieten können. Sie waren einfach zu viele und vermehrten sich zudem auch sehr schnell. Und frisch verwandelt waren sie auch noch stärker und konnten sich auch viel schneller bewegen. Die Leute waren nicht vorbereitet auf ein Chaos diesen Ausmaßes gewesen. Sie wussten nicht was sie tun und wie sie sich verhalten sollten. Sie wussten nicht wie sie sich und ihre Familien am Besten schützen konnten.

Die Regierung hatte sie viel zu spät und auch noch viel zu we-

nig davor gewarnt. Es ging alles plötzlich so schnell.
Vor allem gab es keinerlei Heilung und die Ärzte und sonstiges
Krankenpflegepersonal waren alle überfordert gewesen.
Viele von ihnen hatten den Druck und den Stress nicht aus-
gehalten, weswegen sie Selbstmord begingen.
Es waren viele schreckliche Szenarien und Erlebnisse zu den
Anfangszeiten gewesen.
Am Anfang liefen schreiende und kreischende Menschen he-
rum, die noch quicklebendig gewesen waren und jetzt waren es
tote Menschen, die nur heulten und ächzten.
Und dank seiner Eltern gehörte Kaan nicht zu ihnen.
Er war immer noch quicklebendig und war zudem noch topfit
gewesen.
Und er hatte überhaupt keine Interesse daran, sich weder zu
den Toten noch zu den Wandelnden Toten zu gesellen.
Er wollte noch länger leben und weiter jagen. Bis er eines Tages eines natürlichen Todes sterben würde.
Oder zumindest wegen einer chronischen beziehungsweise ge-
erbten Krankheit.
Aber bestimmt nicht durch den Biss eines dieser Bastarde, die
er zutiefst verabscheute.
Kaan hatte schon immer der Regierung und dem Militär die
Schuld an der Apokalypse gegeben. Denn nachdem was ihm
sein Vater erzählt hatte, hatte sein Großvater keine Schuld daran. Ganz im Gegenteil er wollte mit dieser Sache nichts mehr
zu tun haben, nachdem er erfahren hatte, welch schreckliches
Unheil sich hinter stählernen Toren abgespielt hatte.
Sein Großvater war aus dem Programm ausgestiegen und hatte
zudem noch alles drauf und dran gesetzt seine eigene Familie
zu beschützen und sie auf das Schlimmste vorzubereiten. Was
er auch geschafft hatte. Er hatte nur nicht erkannt, dass sich
„Ratten" in seiner Kompanie befunden hatten, die für seinen

späteren Tod verantwortlich gewesen waren. Er hatte sich dem Falschen anvertraut und um Hilfe gebeten.

Für Kaan starb sein Großvater als ein Held, dessen Tod man nur mal so beiläufig in den Medien erwähnt und dabei eine falsche Todesursache angegeben hatte. Danach war er sofort wieder vergessen.

Doch Kaan hatte nichts davon vergessen. Obwohl er seinen Großvater niemals kennenlernen durfte, mochte und respektierte ihn sehr.

Zu gern hätte er ihn nur kennengelernt.

Kaan ist der Meinung, dass er viele seiner Talente von seinem Großvater geerbt hat und nicht nur durch die strengen und disziplinierten Ausbildungen seiner Eltern.

Seine Zigarre neigte sich schon langsam dem Ende zu und Kaan machte einen letzten Zug, bevor er sie in den Innenbereich des Schädels eindrückte und sie zusammen weggeworfen hatte.

Dann warf er einen letzten Blick auf die strahlende Sonne und erinnerte sich an den Brief, den er in der kleinen Holzschatulle im Wirtshaus gefunden hatte und holte ihn heraus um zu lesen was drauf gestanden war.

Er faltete ihn auf und die Handschrift war schon fast verblasst gewesen, aber er konnte ihn gerade noch lesen.

Er schien so etwas wie ein Abschieds- vielleicht aber auch ein Versöhnungsbrief zu sein. Kaan wusste es nicht. Doch wer auch immer diesen Brief verfasst hatte, musste die Frau sehr geliebt haben, für die dieser Brief gedacht gewesen war. Sie hat ihm anscheinend sehr viel bedeutet.

Auf jeden Fall stand folgendes auf dem Brief geschrieben,

Ich hatte gerade ein Buch aufgeschlagen und wollte es lesen. Doch dann bist du in meinen Gedanken erschienen. Von dem Moment an ließ ich das Buch aufgeschlagen liegen und musste ewig an dich denken.

Ich musste daran denken, wie gern wir gemeinsam Bier bei Lena tranken. À propos, sie fragt sich auch schon mittlerweile wo du bist.
Sie würde sich sehr darüber freuen, wenn wir sie wieder einmal zusammen besuchen würden.

Ich musste daran denken, wie wir beide über meinen kalten Humor und den fragwürdigen Witzen lachen mussten.
Und daran, wie wir eines kalten und windigen Nachts, stundenlang, draußen auf den Straßen taumelten und darauf warteten bis dein Lieblingsbäcker endlich aufsperrte.
Und ich musste auch daran denken wie wir an der Bushaltestelle nach Schutz vor dem Wind suchten, sie jedoch nicht genug Schutz geboten hatte. Deswegen hatte ich mich vor dir hingestellt, damit du hinter meinem Rücken davor geschützt sein konntest.
Eines der schönsten Nächte in meinem Leben, die ich niemals vergessen werde.

Ich musste an unseren geplatzten Brunch denken, weil genau an diesem Tag dein Auto gestohlen wurde. Ich verfluche diese Diebe heute noch.

Ich musste daran denken, dass du dein Lieblingsbrötchen vom Bäcker, den ich für dich mitgebracht hatte, deswegen nicht vollends genießen konntest.

Ich musste daran denken, wie wir den einen Film, den du so gern hattest, nicht zu Ende gesehen hatten, weil wir die Finger nicht voneinander lassen konnten.

Ich musste daran denken, wie du das eine hässliche T-Shirt von mir behalten hast, weil du unbedingt eines haben wolltest. Ich wünschte, ich hätte dir ein besseres geben können, aber die restlichen waren leider nun mal dreckig, wie du doch noch hoffentlich wissen wirst.

Ich musste an den Tag denken, an dem wir uns das erste Mal gesehen und kennengelernt hatten. Ich weiß es noch, als wäre es erst gestern gewesen. Dein bezauberndes und herzerwärmendes Lächeln, die wundervollen Blicke in deinen leuchtenden Augen.
Die kann ich gar nicht vergessen.
Weißt du noch, wie du mich darum gebeten hattest dir beim Tragen der schweren Verpackungen zu helfen und sie in das Auto zu verladen? Da war ich wohl gerade zum richtigen Zeitpunkt gekommen.
Und ich hatte mich gar nicht getraut dir zu sagen, dass du mir gefällst.
Du hattest den ersten Schritt getan und dafür werde ich dir auf ewig dankbar sein.

Ich musste an die eine Silvesternacht denken, in der du mich angerufen hattest, weil du mich vermisst hattest, obwohl wir uns nur wenige Stunden vorher gesehen hatten.

Wenn du nur wüsstest, wie glücklich ich in diesem Augenblick geworden war.

Ich wünschte, ich hätte es dir gesagt.

Ich musste daran denken, wie du mir eines Tages erzählt hattest, dass dir im Supermarkt plötzlich schwarz vor Augen geworden ist und du fast umgefallen bist. Du sagtest, das käme oft vor. Da hatte ich dir sofort zwei ganze Packungen Traubenzucker besorgt, damit du sie immer bei dir haben und bei Bedarf essen kannst. Ich hoffe doch sehr, dass du dir immer noch welche kaufst und stets welche bei dir hast.

Vergiss bitte nicht darauf!

Ich hatte mir schon immer Sorgen um dich gemacht. Auch wenn ich es vielleicht nicht geschafft hatte dir das bewusst zu machen.

Und auch wie wichtig du du mir eigentlich gewesen bist, habe ich dir nicht vermitteln können.

Vielleicht wärst du dann heute noch an meiner Seite.

Ich musste daran denken, welch eine starke Frau du eigentlich bist. Daran was du tagtäglich alles bewältigen musstest und wahrscheinlich heute noch musst.

Und ich musste auch daran denken, wie du es jedes Mal

geschafft hattest, dass ich mich selber und auch unsere Gemeinsamkeit nicht aufgebe, weil du für unsere Beziehung gekämpft hattest.
Du warst wahrlich eine ganz besondere Frau.

Ich musste an den Tag denken an dem wir in deiner Lieblingspizzeria gewesen waren und du dich etwas geärgert hattest, weil ich vorzeitig aufgestanden war und mit dir weiter spazieren gehen wollte. Bitte entschuldige, dass ich nicht daran denken konnte, dass du noch etwas länger sitzen bleiben wolltest!

Ich musste daran denken, wie du mir einmal erzählt hattest, dass ich kurz weggenickt war und dabei geschnarcht hatte. Das hattest du süß, aber auch lustig gefunden sagtest du.
Bei dem Gedanken musste ich ein wenig schmunzeln.

Ich musste daran denken, wie ungern du die öffentlichen Verkehrsmittel genutzt und sie regelrecht verabscheut hattest.
Auch bei diesem Gedanken musste ich ein wenig schmunzeln, weil es mir genau so ergeht.

Ich musste daran denken, wie du mich darum gebeten hattest all die Fotos für dein Unternehmen zu gestalten.
Du kannst dir gar nicht vorstellen, wie gern ich das für dich getan hatte.

Ich musste an den Tag denken an dem ich dir von meiner Geschäftsidee bezüglich dem besonderen Spielplatz/Café erzählt hatte und du mir klar gemacht hattest, dass es aus gewissen Gründen nicht funktionieren würde.
Über diese Idee lache ich heute noch.

Ich musste daran denken, wie wir uns gegenseitig persönliche Details aus unserem Leben, aus unserer Vergangenheit, aber auch Geheimnisse, über die wir sonst mit niemandem gesprochen hatten, verraten hatten.
Ich musste daran denken, wie gut und offen wir über einfach alles reden konnten.
Das kam uns wie eine Therapie vor, weißt du noch?

Ich musste daran denken, wie gern du es hattest, wenn ich auf meinen Fotos etwas lächelte. Da ich sonst nie auf meinen Fotos gelächelt hatte, lächelte ich nur auf denen, die für dich bestimmt waren. Und all das Lächeln war nicht etwa gestellt. Nein, sie waren echt und nur für dich gedacht gewesen.

Ich musste daran denken, wie du unbedingt mit mir tanzen gehen wolltest und ich mich jedes Mal davor weigerte, weil ich nicht tanzen kann und es auch generell nicht mag. Doch im Moment würde ich mit dir tanzen wollen bis mir meine Beine abfallen.

Ich musste an all die Dinge denken, die wir gemeinsam unternehmen wollten. Dazu kam es dann leider doch nie.

Ich musste an mein Versprechen, dich immer zu beschützen und immer bei dir zu sein, denken. Auch davon blieben wir fern. Ich mache nie leere Versprechungen. Ich hätte nur nie daran denken können, dass sich unsere Wege trennen würden. Ich war mir so sicher mit uns.
Es schien sich doch eigentlich am Ende alles wieder zum Guten zu wenden.
Wie habe ich es nur vermasselt?

Ich musste daran denken, wie du mir sagtest, dass du diesen einen krüppelhaften Charakter, aus dieser bekannten Buchverfilmung nicht leiden konntest.
Dessen Figur stand auf meinem Kleiderschrank, falls du dich noch erinnerst. Nun ja, die steht schon seit Langem nicht mehr dort. Die und auch gleich alle anderen habe ich mittlerweile entfernt, damit du dich, bei deinem nächsten Besuch, wohl fühlen kannst.
Doch dazu sollte es ja dann leider nicht mehr kommen.

Ich musste an die Nacht denken an der wir uns zum letzten Mal gesehen hatten.
Nachdem du in das Taxi eingestiegen und weggefahren warst, blieb ich noch länger auf der Straße stehen, in der Hoffnung, dass du vielleicht doch wieder aussteigen und zurückkommen würdest.
Wenn mir in jener Nacht bewusst gewesen wäre, dass ich dich zum letzten Mal sehen würde, würde ich diesem verdammten Taxi, das dich von mir fortgebracht hat,

hinterher rennen.
Und wenn mir dabei beide Arme abreißen würden, würde
ich versuchen es anzuhalten.

Ich musste daran denken, wie du mich eines Abends
angerufen hattest, weil du meine Stimme vermisst
hattest. Nun ja, falls du sie wieder vermissen solltest, ich
bin bloß einen Anruf entfernt.

Ich musste an unsere besonderen Donnerstage denken
und daran wie sehr ich mich auf dich gefreut hatte.

Ich musste daran denken, wie ich dich eines Abends auf
deinem Arbeitsplatz mit einem Besuch überrascht hatte.
Du warst vollkommen außer dir. Positiv versteht sich.
Ich sagte es dir damals schon und ich sage es dir jetzt
auch, ich musste dich einfach sehen und dich ganz fest
in meine Arme schließen.
Ich hatte dich ganz einfach vermisst.

Und ich vermisse dich heute noch.

Die Zeit, die ich mit dir hatte. Alles was ich mit dir erlebt
hatte. All das habe ich sehr genossen und sie haben mir
sehr viel bedeutet.

Und dann musste ich daran denken, dass wir uns
wahrscheinlich nie wieder sehen werden.
Und genau in diesem Moment wurde mir klar, welch eine
große Lücke nach dir in meinem Leben entstanden ist.

Den Hass und die Wut, die du gegenüber mir empfindest,
kann ich sehr gut nachvollziehen.
Denn ich bin genauso wütend auf dich.
Dennoch würde ich alles dafür geben wieder mit dir auf
ein Bier zu gehen.
Das Bier schmeckt einfach besser, wenn ich dir dabei in
deine Augen sehen kann.
Einfach alles wurde mit dir besser.

Ich weiß nicht, wo du bist und was du heute so machst,
und bei Gott, ich habe keine Ahnung, ob du diese Zeilen
jemals zu lesen bekommen wirst, aber ich hoffe, dass du
glücklich und gesund bist.

Du wirst immer diesen einen besonderen Platz in meinem
Herzen bewohnen.

Bitte gib Acht auf dich und sei nicht leichtsinnig!
Die Welt ist voll von Wapplern.
Von Wapplern, vor denen ich dich immer warnen und
beschützen wollte.

Du hattest immer gelacht, jedes Mal wenn ich „Wappler"
sagte und ich hoffe, dass du jetzt wieder lachst.

Dein Lachen vermisse ich ebenso.

Die Welt ist gerade dabei unterzugehen und ich wünschte,
ich könnte bei dir sein.

Ein geschätzter Dichter schrieb einst,
"Auch gestern konnten wir uns nicht sehen...Und es kam mir vor, als hätten wir uns zwei Jahrhunderte lang nicht gesehen...Deshalb bekam ich das Bedürfnis, dich drei Jahrhunderte lang sehen zu wollen."

Dein schwarzer Wolf

Ach ja, die beiden Buben lassen dich auch schön grüßen!

Nachdem er den Brief zu Ende gelesen hatte, faltete er ihn wieder zu, nahm sein Feuerzeug heraus und verbrannte den Brief. Er dachte sich, dass die Person, für die dieser Brief gedacht gewesen war, sowieso niemals zu lesen bekommen würde, da dieser Brief noch vor der Apokalypse geschrieben worden war. Er dürfte über dreißig Jahre alt gewesen sein. Und vielleicht wurde er ja doch von der Person gelesen und sie hat ihn, gemeinsam mit der Halskette und der Holzschatulle im Wirtshaus verloren. Auf jeden Fall fand er es richtig, ihn zu verbrennen.

Nachdem der Brief völlig abgebrannt und seine Asche sich in der Luft verteilt hatte, machte sich Kaan bereit um sein Fahrzeug komplett zu reinigen und es wieder frei von jeglichem verdorbenem Fleisch zu machen.

Ihm war bewusst, dass ihm das den ganzen Tag abverlangen würde.

Er stieg ein und fuhr zu einem See, da er viel Wasser dafür benötigte.

Danach würde er sich auf das Abendessen vorbereiten und dafür müsste er rechtzeitig fertig werden um nicht in der Dunkelheit ein Tier erlegen und zubereiten zu müssen.

Also versuchte er sich zu beeilen und noch vor dem Sonnen-
untergang fertig zu werden.

Am See angekommen legte er auch schon sofort los. Er fuhr
gleich mit dem gesamten Fahrzeug in den See hinein, sodass
die Räder fast nicht mehr zu sehen waren. Viel weiter konnte er
nicht fahren, da er sonst im See versinken würde.
Nach nur wenigen Minuten verfärbte sich ein Großteil des
Sees, wegen dem ganzen Blut von den Zombies, die an das
Fahrzeug geklatscht waren wie die Fliegen auf die Windschutz-
scheibe eines fahrenden Autos, in eine rosarote Farbe.
Er schrubbte und kratze bis alle Fremdkörper und das ganze
Blut vollkommen entfernt wurden.
Trotz des kühlen Wassers, schwitze er dabei sehr viel, da die
Sonnen direkt auf ihn schien.
In diesem Augenblick dachte er sich, dass es auch für ihn an
der Zeit ein schönes Bad zu nehmen.
Und da er sich schon mal in einem See befunden hatte, badete
er auch gleich mit.
Da er im Moment keine frischen Sachen hatte, zog er sich
später wieder die selben an und das störte ihn auch gar nicht so
sehr. Viel unangenehmer war die Unreinlichkeit seines Körpers
gewesen. Auch bei einem Weltuntergang musste der Mensch
auf seine Hygiene achten und durfte sie nicht vernachlässigen.
Er hatte sie lediglich nur einmal in das Wasser hineingetaucht
und sie zum Trocken unter die Sonne gelegt.

Die Sonne war schon dabei unterzugehen als er gerade eben
fertig geworden war. Sowohl sein Fahrzeug als auch er selbst
waren wieder frisch und sauber gewesen.
Er war schon sehr müde, aber zum Ausruhen war keine Zeit
mehr. Es wurde schon so langsam dunkel und er müsste sich

beeilen um noch rechtzeitig ein Tier erbeuten zu können.
Ausruhen könnte er sich ja später immer noch.
Doch kurz bevor er wieder in sein Fahrzeug einsteigen konnte,
spürte er den Lauf einer Pistole an sein Hinterkopf gedrückt.
Sofort blieb er regungslos stehen und hörte wie eine tiefe
männliche Stimme ihn aufforderte sich langsam vom Fahrzeug
zu entfernen und dann wieder stehen zu bleiben.
Ohne sich umzudrehen tat Kaan genau das, was von ihm
verlangt worden war.
Dann sagte die selbe Stimme:
>>*Und jetzt, drehe dich ganz langsam um und halte dabei
deine Hände schön oben!*<<
Kaan tat auch das und als er sich umgedreht hatte, sah er drei
ältere Männer vor sich stehen, die alle eine Waffe auf ihn gerichtet hatten. Zwei der anderen Männer zielten mit den Läufen
ihrer StG 77 direkt auf seinen Kopf während der dritte seine
Glock, die er gerade eben noch auf sein Hinterkopf gepresst
hatte, auf seine Brust gerichtet. Auch er hatte eine StG 77 um
sein Hals hängen.
Kaan sagte nichts die gesamte Zeit über und musterte jeden
einzelnen von ihnen an.
Sie hatten alle alte Militärkleidungen an, wie die Soldaten aus
der Zeit, in der sein Großvater noch gelebt und gedient hatte.
Dann spuckte der Mann mit der Glock in der Hand auf den
Boden und sagte:
>>*Schönes Fahrzeug!*<<
Kaan sagte auch hier nichts. Dann sprach der grimmige alte
Mann weiter und sagte:
>>*Ob es dir nun gefällt oder nicht. Du, mein Junge, wirst uns
jetzt begleiten.*<<
Danach grinste er Kaan schief an.
>>*Na los!*<<

forderte ihn eines der anderen auf während er auf ihn zu-
marschierte und stieß ihn mit seiner Hand vor sich her um ihn
zum Gehen aufzufordern. Mit langsamen Schritten folgte Kaan
ihnen bis zu ihrem Fahrzeug. Es war ein alter Styr-Puch
Pinzgauer auf dessen Front ein halber, der Oberkörper, eines
noch aktiven weiblichen Zombies angekettet gewesen war. Mit
an die Seiten ausgestreckten und festgebundenen Armen sah
sie aus wie eine Galionsfigur eines Schiffes. Sie hatte keine
Bekleidung an, sodass Kaan sehen konnte, dass ihre Brüste bis
zu ihrem Bauch hinunter gesunken waren und er jedes einzelne
ihrer Rippen mit freiem Auge abzählen konnte. Ihre Haut war
schon vollkommen verblasst gewesen und aus ihrem unteren
Rumpf hing der Rest ihrer Wirbelsäule hinaus. Sie bewegte
ihren Kopf auf dem noch ein paar Strähnchen Haare herunter-
hingen hin und her und versuchte mit ihrem Kiefer, dessen
Haut vollkommen aufgerissen war und ihre teilweise abge-
fallenen Zähne entblößte, nach Kaan zu schnappen. Kaan fand
das sehr abartig und auch pervers. Es war einfach ein
widerlicher Sinn an Humor gewesen, dass diese alten Greise
hatten.
Die anderen beiden Männer, die immer noch ihre Sturmgewehre auf ihn gerichtet hatten lachten dabei. Dann sagte einer
von ihnen zu ihm:
>>*Keine Angst Kleiner! Gabi hat dich jetzt schon zum Fressen*
gern.<<
Sie lachten umso mehr. Dann legten sie Kaan Handschellen an
und drängten ihn in ihr Fahrzeug hinein und fuhren mit im los.
Der Mann mit der Glock, der der Anführer der Bande zu sein
schien, fuhr mit Kaan's Fahrzeug direkt hinter ihnen her.
Er hatte nicht schlecht gestaunt als er den Innenraum des Fahrzeuges und all die verschiedenen Waffen, die sich darin befanden, gesehen hatte. Es war wie ein Jackpot für ihn ge-

wesen.

Mit großem Bedenken war Kaan in deren Pinzgauer eingestiegen und hatte keine Ahnung davon wohin sie ihn hin-
bringen wollten.

Alles was er im Moment tun konnte, war es die Ruhe zu be-
wahren und sich mögliche Fluchtmöglichkeiten auszudenken.

So raffiniert wie Kaan gewesen war, würde er sich schon etwas
einfallen lassen um diesen alten und widerwärtigen Bastarden
zu entkommen und mehr noch.

Er wollte sie auf jeden Fall noch umbringen.

So ließ er sich von ihnen bis zum Ziel herum chauffieren und
musste nur auf seine Gelegenheit warten.

Denn sie hatten keine Ahnung davon, dass sie sich
ausgerechnet mit dem Falschen angelegt hatten. Doch das
würden sie noch früh genug in Erfahrung bringen.

Während sie noch auf dem Weg zu ihrem Zielort waren, nutzte
einer der Männer, der sich zu Kaan nach hinten gesetzt hatte,
die Zeit um sich und seine Kumpanen vorzustellen.

>>*Mach dir bloß nicht in die Windel Junge! Noch werden wir
dir nichts tun.*<<

sagte er während Kaan schwieg und ihm böse Blicke zuwarf.

Der ältere Mann schien davon nicht besonders beeindruckt zu
sein und sprach einfach weiter:

>>*Mein Name ist Franz...Franz Mayr und der am Steuer heißt
Johannes Klein, aber wir nennen ihn Johnny. Und ich verrate
dir etwas Kleiner. Dieser Johnny ist ein richtiger Depp. Das
kannst du mir ruhig glauben. Er hatte sich eines Tages so voll
laufen lassen, dass er sich hinterher mit einer Herde von
diesen Stinkköpfen anlegen wollte.*<<

Er musste dabei lachen und nachdem er sich wieder eingekriegt
hatte, zündete er sich eine Zigarette an und erzählte er weiter:

>>Ich sage dir, dieser Mistkerl spinnt total. Dem solltest du lieber aus dem Weg gehen!...Ja, und der alte Herr, der deine fahrbare Festung steuert heißt Heinrich Biedermann. Er hat das Kommando hier.<<

Er zog kräftig an seiner Zigarette, blies den Rauch aus und erzählte weiter:

>>Wir waren nämlich einmal beim Militär tätig musst du wissen. Wir sind Ex-Soldaten. Hatten zusammen gedient. Doch irgendwie konnten wir uns davon nicht trennen und spazieren, nach wie vor, so herum als wären wir aktive Soldaten, verstehst du Kleiner?<<

Er machte einen weiteren Zug von seiner Zigarette und äscherte auf den Boden des Pinzgauers, der sich ruckelnd fortbewegte. Kaan sah ihn immer noch mit finsteren Blicken schweigend an.

Dann sagte der alte Mann folgendes:

>>Du bist wohl nicht besonders gesprächig was?...Ist ja nicht so schlimm. Der gute Heinrich wird dich schon noch zum Reden bringen. Er ist ein richtig harter Kerl sage ich dir. Er war Hauptmann vom Dienstgrad her. Johnny war Vizeleutnant und meine Wenigkeit war Leutnant gewesen...Es waren gute Zeiten. Ja klar, beschissene Zeiten gab es allemal, aber im Großen und Ganzen waren es sehr gute Zeiten, die ich sehr vermisse, kann ich dir verraten.<<

Er zog weiter an seiner Zigarette und hustete leicht beim Ausblasen des Rauches. Er wischte sich den Mund mit seiner Hand ab und sprach weiter:

>>Ja, und die Dame, die dich so zum Anbeißen findet heißt Gabi. Sie war mal die Frau von Heinrich gewesen. Er hatte es nicht geschafft, sie rechtzeitig aus den Fängen dieser Stinkköpfe zu ziehen. Er bekam ihren Oberkörper und sie das beste Stück, nämlich ihren Unterkörper. Wäre für Heinrich vielleicht

besser gewesen, wenn er den Unterkörper behalten hätte.
Dann müsste er es nicht so oft seiner Hand besorgen, verstehst
du Junge? Als ich mich eines Tages mit Johnny darüber unter-
halten hatte, meinte er, er soll eben ihre Zähne alle heraus-
reißen und sich so ein Spaß gönnen. Ich sage dir, dieser alter
Hund Johnny kennt sich aus...Aber ihre Brüste haben sich gut
gehalten musst du zugeben. Sie hängen zwar bis zu ihrem
Bauch herunter wie Luftballons in die man Sand gefüllt hätte,
aber sie sind doch ganz schön prächtig, meinst du nicht?<<
Der alte Mann musste erneut lachen und hustete dabei umso
mehr. Kaan fand ihn immer widerlicher und abartiger. Er
konnte es kaum erwarten sie alle umzubringen. Je mehr der alte
Mann sprach umso mehr verspürte Kaan den Drang ihm die
Eingeweiden aus seinem Bauch herauszureißen. Während er
weiterhin finster drein schaute, sprach der alte Mann weiter:
>>Aber verrate bloß Heinrich nichts davon, was ich über seine
Frau gesagt habe!...Aber du redest ja so oder so nicht. Also
muss ich mir keine Sorgen machen.<<
Er kicherte total abstoßend und machte einen weiteren Zug von
seiner Zigarette während der alte Pinzgauer sich weiterhin
rüttelnd und ruckelnd auf der steinigen Straße fortbewegte.

KAPITEL 4

IRONIE DES SCHICKSALS

Endlich waren sie an ihrem Ziel angekommen. Sowie der Pinzgauer zu Stehen kam, stiegen Franz und Kaan sofort aus.

Kaan ging vor während Franz ihm dicht hinterher folgte und seine StG 77 auf ihn gerichtet hatte.

Kaan konnte eine mittelgroße Hütte sehen, vor dem sie direkt standen. Sie war sehr gut und sicher mit einer Betonmauer, die etwa vier Meter hoch gewesen war und auf der sich jede Menge Stacheldraht befunden hatten, umzäunt gewesen. Zudem ragten vorne entlang der gesamten Betonmauer große, dicke und angespitzte Holzpfähle heraus. Sie sollten zusätzlich die Zombies davor abhalten sich der Mauer zu nähern. Wer sich zu sehr näherte, wurde ganz einfach von ihnen aufgespießt.

Auch Heinrich war mit seinem Fahrzeug angekommen und stieg sofort aus, nachdem er neben dem Pinzgauer geparkt hatte.

Er ging direkt auf Kaan zu und sagte:

>>*Willkommen in deinem neuen und bescheidenen Zuhause Junge! Wie ich sehe, hast du meine Frau Gabi bereits kennengelernt. Tja, glaube mir ruhig, sie hatte schon mal besser ausgesehen.*<<

Dann ging er vor während seine beiden Kumpanen hinterher gingen und dabei mit ihre Gewehrläufen Kaan vor sich her schoben.

Hinter der vier Meter hohen Betonmauer, war noch zusätzlich, in einem Abstand zu der Betonmauer von etwa drei Metern ein ebenso vier Meter hoher Maschendrahtzaun aufgestellt gewesen.

Kaan war leicht beeindruckt gewesen und ihm wurde schnell bewusst, dass sich die alten Männer gut auskennen mussten und anscheinend auch ganz gut zu recht kamen. Drinnen in der Hütte angekommen sah es viel ordentlicher aus als Kaan sich das zunächst vorgestellt hatte. Er dachte, dass drei alte widerwärtige Kreaturen viel zu chaotisch und unordentlich leben würden. Doch er musste zugeben, dass sie ihre Hütte ziemlich sauber gehalten hatten.

Während er sich immer noch drinnen umsah und seine Blicke umherschweifen ließ, sprach Heinrich zu ihm und gewann seine Aufmerksamkeit sofort für sich:

>>*Nun Kleiner! Ich denke, dass Franz dir bereits ein wenig etwas von uns erzählt hat. Ich werde mich dennoch persönlich vorstellen. Aber zunächst möchte ich mich für unsere Unfreundlichkeit entschuldigen und auch dafür, dass wir dich und dein Fahrzeug, tolles Gefährt übrigens, alle Achtung!, entführen und beschlagnahmen mussten. Doch in Zeiten wie diesen ist das nunmal leider so. Wirst du bestimmt aber schon kennen. Nur eben vielleicht nicht aus der Sicht, in der du dich im Moment befindest...Nun denn, vielleicht hat es Franz bereits erwähnt. Wir sind ehemalige Bedienstete des österreichischen Militärs gewesen. Franz und ich sind Offiziere während Johnny ein Unteroffizier ist. Noch bevor die ganze Scheiße hier angefangen hatte, waren wir drei, gemeinsam mit weiteren Ranghohen beauftragt gewesen ein streng geheimes Projekt zu überwachen und auch zu beschützen. Leider ging das Experiment an dem diese verrückten Amerikaner gearbeitet hatten, daneben und prompt wurden wir in diese gottverdammte Welt katapultiert.*<<

Während der alte Mann all das erzählte, kam ihm die Geschichte seines Vaters in den Sinn, die er über Kaan's Großvater immer wieder erzählt hatte. Die Geschichte, die Heinrich erzählte, hörte sich ähnlich an und Kaan bekam so langsam den Verdacht, dass die drei alten Männer schon zu der Zeit seines Großvaters gedient hatten und ebenfalls an diesem streng geheimen Projekt eingesetzt worden waren. Doch noch beschloss er nichts zu sagen und dem alten Mann weiterhin zuzuhören.

Heinrich erzählte weiter seine Geschichte:

>>*Wir hätten damals auf den Kameraden hören sollen, der uns alle davor gewarnt hatte. Ich, als sein bester Freund, hätte auf ihn hören müssen. Doch ich hatte mich nun mal bestechen lassen um gegen ihn auszusagen und ihn zu verraten. Nur meinetwegen musste er sterben. Und sie haben es natürlich vertuscht und so getan als wäre er bei einem Militäreinsatz ums Leben gekommen. Ein richtig armer Hund, echt. Er war einer der Guten. Wirklich Schade um ihn.*<<

Nun wurden Kaan's Gedanken noch klarer und eine Brise Wut sammelte sich in ihm hoch. Er konnte kaum ruhig stehen und musste einfach sein Schweigen brechen und eine Frage stellen, von dessen Antwort er sich das Gegenteil erhoffte, aber tief im Inneren wusste, dass er genau das zu Hören bekommen würde, was er in diesem Moment befürchtete:

>>*Sie sprechen nicht zufällig vom Oberleutnant Mehmet Sert?*<<

Den drei alten Knackern stockte der Atem als sie hörten, dass ausgerechnet dieser junger Mann diesen Namen kannte. Sie sahen sich alle gegenseitig verwirrt an und warfen sich fragende Blicke zu.

Heinrich machte langsame Schritte zu ihm hinüber, blieb direkt vor seiner Nase stehen und fragte mit ruhiger Stimme:

>>*Woher kennst du diesen Mann?*<<

Mit eiskalten Blicken und ebenso eiskalter Stimme antwortete Kaan ihm:

>>Mein Name ist Kaan Sert. Er war mein Großvater.<<
Jetzt bekamen Franz und Johnny ihren Mund gar nicht mehr
zu. Heinrich machte ganz große Augen und war vollkommen
erstaunt und außer sich gewesen. Schweigend drehte er eine
Runde um Kaan herum und musterte ihn von oben bis unten
an. Dann blieb er wieder direkt vor ihm stehen und sagte:
*>>Ach du heiliges Kanonenrohr. Du bist also tatsächlich der
Enkelsohn von Memo?...Ich kann es einfach nicht fassen. Nach
so vielen Jahren begegne ich tatsächlich dem Nachfahren
meines guten alten Freundes und Partners. Ich fasse es einfach
nicht. Die verdammte Welt ist ja wirklich sehr klein.<<*
Er konnte sich dabei ein nervtötendes Lachen nicht verkneifen.
Kaan sah ihn mit Blicken an, als würde er ihn jeden Augen-
blick zerfleischen wollen.
Nachdem sich Heinrich wieder beruhigt hatte, sprach er weiter:
*>>Hör zu junger Mann! Es war nichts persönliches mit deinem
Großvater gewesen. Ganz im Gegenteil, ich hatte ihn sehr
gern. Wir alle hier hatten ihn sehr gern. Nur das Geld hatten
wir einfach umso lieber. Denn die Amis hatten uns sehr viel
Geld dafür gezahlt und auch noch Schutz und Sicherheit im
Falle eines Ausbruches versprochen, damit wir unsere Klappe
halten. Nur deswegen konnten wir ja so lange überleben. Wir
hatten damals gerade erst die Corona Krise überwältigt und
mussten quasi von Neuem mit unseren Leben beginnen. Das
Geld kam uns daher sehr gelegen. Und wir konnten ja nicht
ahnen, dass sie ihn gleich umbringen würden, damit er weder
mit jemandem darüber reden noch die Sache an die Öffentlichkeit bringen konnte.<<*
Für einen kurzen Moment hielt er inne und sie schwiegen alle-
samt. Dann blickte Heinrich in Kaan's Augen und sagte:
*>>Es tut mir wirklich Leid Junge, was sie mit deinem Groß-
vater gemacht haben! Doch du solltest wissen...<<*

In diesem Augenblick verpasste Kaan einen kräftigen Schlag mit seinem Kopf direkt in Heinrich's Gesicht, woraufhin er mit blutender und gebrochener Nase auf den Boden fiel.

Franz und Johnny eilten schnell hinüber um Kaan festzuhalten. Johnny verpasste Kaan einen harten Schlag mit dem Kolben seines StG 77 auf dessen Rücken und zwang ihn damit zu Boden. Franz half währenddessen Heinrich wieder hoch auf die Beine, der sofort mit Kaan zu Schreien anfing, während er verzweifelt versuchte das Blut, das aus seiner Nase heraustropfte mit seiner Hand zurückzuhalten und sagte:

>>*Was hast du denn erwartet Junge? Mit diesen Leuten durfte man sich ganz einfach nicht anlegen. Dein Großvater wusste das, hat es dennoch getan, Ich hatte ihn gewarnt, aber er wollte einfach nicht hören verdammt noch einmal!....Und abgesehen davon, wärst auch du bei dieser Summe, die man uns angeboten hatte, schwach geworden und hättest wahrscheinlich sogar deine Mutter dafür verkauft.*<<

Hier wurde Kaan erst so richtig wütend und nahm sofort Anlauf um sich mit voller Kraft auf Heinrich zu stürzen, brach es aber dann doch noch in der letzten Sekunde ab, weil sowohl Franz als auch Johnny ihm erneut die Läufe ihrer Sturmgewehre direkt auf den Kopf gerichtet hatten. Kaan seufzte vor Wut und seine Atmung beschleunigte sich. Er war voll gefüllt mit Adrenalin und Hass gewesen. Am Liebsten hätte er sie alle zusammen an Ort und Stelle zerfleischt, aber er musste sich zurückhalten und versuchen sich zu beruhigen. Denn er wusste, dass seine Zeit früher oder später noch kommen würde. Er wusste, er würde diese drei alten Säcke, die eine Schande für ihr Vaterland gewesen waren, die Verräter ihres Freundes gewesen waren mit bloßen Händen qualvoll umbringen. Er musste sich nur in Geduld ausüben und die Zeit abwarten. Das sollte ihm eigentlich nicht so schwer fallen, aber in diesem Fall war es anders gewesen. In diesem Fall stand er den Männern, die für den Tod seines Großvaters verantwortlich gewesen waren, Angesicht zu Angesicht gegenüber. Das war bislang die härteste Prüfung für ihn gewesen, die er noch mit Bravur bestehen musste.

>>*Na los! Bringt ihn endlich in die Kammer nach hinten!*<<
verlangte Heinrich mit befehlerischer Stimme.

Johnny drängte Kaan auf der Stelle zu der Tür, die etwas weiter hinter ihnen gestanden hatte und verlangte von ihm, dass er sofort hineingehen solle.

Kaan zögerte ein wenig und wollte etwas Zeit schinden, in dem er wissen wollte, was sich hinter der Metalltür befinden würde, die direkt daneben gestanden hatte:

>>*Was ist da drinnen?*<<
Johnny war gerade dabei es ihm zu sagen, wurde jedoch von Heinrich unterbrochen:

>>*Hör auf es ihm zu erzählen Johnny!...Zeig es ihm lieber!*<<
Kaan wunderte sich nun umso mehr, was sich dahinter wohl verbergen könnte.

Johnny ging zu der Metalltür, löste den Hebel auf und machte anschließend langsam die Tür auf. Es war eine kleine Kühlkammer gewesen in der sämtliche menschliche Leichenteile sich befunden hatten. Abgetrennte Arme, Beine, Hände und Füße lagen in Metalleimern drinnen. Abgeschnittene Ober- und Unterschenkel konnte Kaan noch ausfindig machen. Und viele weitere Körperteile befanden sich tiefgefroren in der Kühlkammer. Kaan war entsetzt über diesen schrecklichen Anblick gewesen und auch noch angewiderter als vorher.

>>*Da wirst drinnen wirst du auch schon bald landen mein Junge!*<<
rief ihm Heinrich von hinten zu und sagte noch:

>>*Was denkst du, wieso wir einen Streuner wie dich sonst von*

der Straße aufgelesen haben?...Etwa um uns mit dir anzu-
freunden? Nein, wir brauchen eben ständig frisches Fleisch um
bei Kräften zu bleiben. Seitdem wir alle unsere Vorräte ver-
braucht hatten und es auch noch kaum Viecher zum Jagen
mehr gibt, ernähren wir uns eben auch unter anderem von
Streunern wie dir. Von irgendetwas müssen wir eben auch
leben, meinst du nicht? Ich meine, wir haben zwar im hinteren
Garten verschiedenes an Obst und Gemüse angebaut, aber
Männer wie wir, brauchen ordentlich und reichlich Fleisch.
Nur weil wir in dieser gottverdammten Apokalypse leben
müssen, müssen wir ja nicht gleich zu Grasfressern werden.<<
Und wieder lachte er auf eine nervtötende Art und Weise und
machte Kaan damit nur noch mehr Lust darauf ihm die Kehle
aufzuschneiden.

Johnny machte die Metalltür wieder zu und verschloss ihn mit
dem Hebel, der dran gebaut war.

Dann sagte Heinrich noch zum Abschluss:

>>Aber ich muss zugeben, du bist bisher unser bester und
größter Fang gewesen. Ich komme mir vor, als hätte ich ein
Wal aus dem Ozean herausgefischt. Denn dein Fahrzeug und
all die Waffen darin, werden uns noch für eine sehr lange Zeit
nützlich sein. Danke dir dafür!<<

Nachdem er sich zum Schluss noch sarkastisch bedankt hatte,
forderte er Johnny auf, Kaan in die dunkle Kammer hinein-
zustoßen und die Tür hinter ihm zuzusperren.

Denn darin sollte er noch eine Weile verweilen bis sie soweit
gewesen waren, ihn auszuschlachten.

Die Handschellen hatten sie ihm immer noch nicht abgenommen, aber dafür all seine anderen Waffen, die er bei sich
getragen hatte.

Doch ein richtiger Überlebenskünstler und Jäger wie Kaan,
hatte Waffen nicht unbedingt nötig um sich aus so einer miss-

lichen Lage befreien zu können.
Und das würden die drei alten Männer schon sehr bald auch
herausfinden.

Der nächste Tag war bereits angebrochen. Kaan musste seine
Augen zusammenkneifen als das Tageslicht in den dunklen
Raum hineindrang, sobald Johnny die Tür geöffnet hatte. Sein
Sturmgewehr hing ihm dabei auf seiner Schulter.
>>*Guten Morgen!*<<
begrüßte Johnny ihn und fügte hinzu:
>>*Der Boss möchte, dass ich dich für die Weiterverarbeitung
fertig mache. So waschen und als das Zeug.*<<
Kaan bevorzugte es zu schweigen und tat einfach das, was der
alte Knacker von ihm verlangte. Er musste sich immer noch bis
zu dem richtigen Zeitpunkt gedulden und durfte nichts tun,
dass ihn davon entfernen könnte.
Also ließ er sich von Johnny hinausführen und ging vor ihm
her.
Sie verließen die Hütte und schlenderten viel mehr als, dass sie
gingen bis hinter die Hütte. Dort angekommen sah Kaan eine
Art Schlachtraum. Der gesamte Raum war mit Metall versehen
und war sowohl auf den Wänden als auch auf dem Boden mit
weißen Fließen bestückt gewesen.
Lediglich die großen Waschbecken und die großen und breiten
Tische waren aus Metall. Auch die spitzen Haken, die an der
Decke hangen und etwa bis zur Hälfte des Raumes hinunter
reichten waren vorhanden. Selbstverständlich befanden sich
auch, schön und ordentlich sortiert, jede Menge scharfe und
spitze Messer, sowie auch große Beile und Spieße darin. Etwas
kühl war er auch. Der Wasserhahn, der an einen großen Was-
serbehälter befestigt worden war, steckte in einem Schlauch
drinnen. Damit sollte Kaan ordentlich sauber gewaschen und

der ganze Dreck abgespült werden.

Johnny drängte ihn immer weiter bis in den Raum hinein und wollte keine Zeit verschwenden.

Mit langsamen Schritten und sich im gesamten Raum umsehend setzte Kaan einen Schritt vor den anderen.

>>*Na los Junge, mach schon! Ich muss bis zur Mittagszeit fertig werden.*<<

ließ der alte Mann seinen Gefangenen wissen.

Er drängte Kaan bis ungefähr in die Mitte des Raumes und sagte folgendes:

>>*So, hier ist es gut.*<<

Kaan blieb stehen und sah dem Mann in seine trüben Augen.

Er brach schließlich sein Schweigen ab und sagte:

>>*Ist das tatsächlich euer ernst?*<<

>>*Was meinst du?*<<

wollte Johnny wissen.

Lächelnd schüttelte Kaan seinen Kopf und gab dem alten Mann das Gefühl, dass er sich lustig über ihn machen würde.

Das machte Johnny ein wenig wütend, woraufhin er fragte:

>>*Was ist los Junge? Was ist los mit dir?*<<

Ohne noch länger zu zögern antwortete Kaan:

>>*Sie lassen tatsächlich einen alten Knacker wie dir ganz alleine mit mir ohne sich dabei zu denken, dass ich dir hier und jetzt deinen verdammten Hals brechen könnte? Das ist entweder sehr mutig oder sehr dumm von euch. Wird sich ja dann wohl noch herausstellen.*<<

Noch bevor Johnny überhaupt verstehen konnte, über was Kaan da geschwafelt hatte und darauf reagieren konnte, stürzte sich Kaan, blitzschnell, wie ein hungriger Wolf auf seine Beute und klammerte sich mit seinen Händen, an denen immer noch die Handschellen dran gewesen waren, um den alten und faltigen Hals von Johnny und warf ihn zu Boden.

Johnny, der nicht wusste, wie das nur passieren konnte, versuchte sich mit all seiner Kraft gegen seinen Angreifer zu wehren, aber er war ihm deutlich unterlegen gewesen. Sie wälzten sich beide am Boden bis Kaan es schaffen konnte Johnny in den Schwitzkasten zu nehmen. Nun drückte er noch fester den Hals des alten Mannes zu und erschwerte ihm umso mehr das Atmen. Johnny war nicht einmal mehr in der Lage, in dieser außergewöhnlichen Position, nach seiner StG 77 zu greifen und Kaan damit zu erschießen.

>>*Wo sind die Schlüssel für diese Dinger?*<<
wollte Kaan wütend wissen.

Da ihm die Kehle gerade zugeschnürt wurde, konnte Johnny ihm nicht antworten. Stattdessen zeigte er mit einem seiner Hände, während er mit der anderen das Handgelenk von Kaan festhielt, in seine Tasche, in der die Schlüssel sich angeblich befinden sollen.

>>*Na mach schon! Hol sie heraus!*<<
verlangte Kaan von ihm. Sofort griff der alte Mann in seine Hosentasche und holte ein Bund Schlüssel heraus, die raschelten.

>>*Mach schon du alter Sack! Schließe endlich die verfluchten Handschellen auf!*<<
befahl ihm Kaan mit einem sehr strengen Tonfall.

Mit zitternder Hand versuchte Johnny den passenden Schlüssel in das Schlüsselloch der Handschellen hineinzustecken. Nach einigen Versuchen gelang es ihm endlich und die Handschellen lösten sich von Kaan's Handgelenken die bereits Wund geworden waren.

Sofort nahm Kaan dem alten Mann das Sturmgewehr ab und legte ihm die Handschellen an. Sowie er wieder aus den Fängen von Kaan frei gekommen war, konnte er nicht aufhören zu husten.

>>*Habt ihr tatsächlich gedacht, dass ihr mir überlegen wärt?*<<

sagte Kaan zu dem bleich gewordenem Mann und drängte ihn anschließend in die Hütte zurück.

Er öffnete die Tür und schickte Johnny voran. Franz und Heinrich schauten sofort zu der sich plötzlich öffnenden Tür und sahen einen mit Handschellen gefesselten Johnny vor sich stehen, der zu dem vor lauter Schreck große Augen machte und immer noch keuchte.

Die beiden Männer wussten auf der Stelle, dass Kaan es geschafft hatte, zu entkommen und noch bevor sie reagieren konnten, stürmte auch schon Kaan hinterher und feuerte sofort mit der StG 77 auf Franz und Heinrich.

Mit jeweils einem Schuss auf die Oberschenkel und einem Schuss auf deren Schulter, gingen sie sofort verletzt zu Boden.

Ohne noch weiter Zeit zu verlieren sprintete Kaan sofort auf die beiden am Boden liegenden Männer zu und verpasste ihnen jeweils einen ordentlich Schlag mit dem Kolben des Sturmgewehrs, sodass sie sofort das Bewusstsein verloren. Dann warf er einen zornigen und hasserfüllten Blick zu Johnny, der immer noch vor Angst am Zittern war und sagte:

>>*Jetzt bekomme ich die Gelegenheit, den Tod meines Großvaters, an dem ihr drei Arschlöcher Schuld gewesen wart, zu rächen. Und damit räche ich auch zugleich die gesamte Menschheit, die wegen euch und eurem Schweigen sterben mussten. Jetzt bekommt ihr das, was ihr verdient.*<<

Das waren seine letzten Worte, wovor Johnny umso mehr in Angst geraten war. Da Kaan ihm nicht verraten hatte wie genau er sie umbringen wollte, bereitete ihm das eine umso größere Angst und ließ ihn umso mehr erzittern und erschaudern.

Kaan ging mit langsamen Schritten zu Johnny hinüber und sagte:

>>*Zeit, die Gäste einzuladen.*<<
Johnny wusste nicht, was er damit gemeint hatte, aber er hatte
das dumpfe Gefühl, dass er es schon sehr bald herausfinden
würde.

So langsam kamen Heinrich und Franz wieder zu sich und
sowie sie wieder ihr Bewusstsein erlangten, so fühlten sie
erneut die Schmerzen ihrer erst kürzlich zugezogenen Schuss-
wunden, die Kaan ihnen verpasst hatte.
Sofort fingen sie zu schreien an und versuchten auf ihre
Wunden zu greifen, doch sie mussten feststellen, dass das gar
nicht möglich gewesen war. Denn ihnen wurde klar, dass sie,
alle drei, nebeneinander an Bäume gefesselt worden waren. Mit
nacktem Oberkörper.
Kaan hatte ein paar Meter weiter vor ihnen gestanden und
wartete die ganze Zeit darauf bis die beiden Männer auf-
wachten.
Sowie sie auch wieder zu sich gekommen waren, so stieg Kaan
aus seinem Fahrzeug, das er wieder unter sein Besitz
genommen hatte, aus und sah sich die drei Männer für wenige
Sekunden an. Heinrich sah zu ihm hinüber und schrie
folgendes:
>>*Du elender Scheißkerl! Mach uns sofort wieder los! Hörst
du? Binde uns sofort wieder von diesen verfluchten Bäumen
los!*<<
Doch Kaan würdigte ihm keine Antwort. Er setzte seine
Sonnenbrille mit den roten Gläsern auf, nahm eine Zigarre aus
seiner Cargohose heraus, biss ihr den Kopf ein Stück ab,
spuckte es aus, steckte sie in sein Mund und zündete sie
schließlich ganz gelassen an.
Dann schrie Heinrich erneut zu ihm:
>>*Was hast du mit uns vor?*<<

In diesem Moment machte Kaan die Hintertür seines Fahrzeuges auf und nahm eine Bazooka, nicht das posaunenartige Musikinstrument, sondern die rückstoßfreie Panzerabwehrhandwaffe, die direkt unter den Hintersitzen verstaut gewesen war, heraus, schulterte sie, drehte die Musik in seinem Fahrzeug ganz laut auf und stieg damit auf die Motorhaube seiner Dodge RAM.

Sowie die drei alten Männer die laut ertönende Musik hörten gerieten sie sofort in Panik. Es dauerte nicht lange bis Heinrich erneut zu Kaan hinüber geschrien hatte:

>>*Was soll das du verrückter Mistkerl! Dreh' sofort die gottverdammte Musik ab! Na los, mach schon!*<<

Spätestens in diesem Moment wurde ihnen klar, dass Kaan vor hatte, mit der lauten Musik, all die Zombies, die sich in der näheren Umgebung befanden, anzulocken. So würden sie sofort der Musik folgen und auf die drei alten Männer, die an den Bäumen gefesselt waren und zudem auch noch bluteten, aufmerksam werden und sich sofort auf sie stürzen.

Kaan stand seelenruhig auf seiner Motorhaube mit der Bazooka auf seiner Schulter und der Zigarre in seinem Mund und sah ganz deutlich wie Franz sich vor lauter Angst in die Hosen urinierte.

Kaan erinnerte sich daran, was Franz zu ihm in dem Pinzgauer gesagt hatte und rief zu ihm hinüber:

>>*Es wäre wohl besser gewesen, wenn du eine Windel angehabt hättest Franz!*<<

Nach nur wenigen Minuten konnten die drei gefesselten Männer auch schon die ersten Schritte und die heulenden Rufe der Zombies hören, die sich ihnen langsam aber sicher näherten.

>>*Na los Junge! Binde uns doch endlich wieder los! Ich schwöre, es tut mir Leid, was mit deinem Großvater geschehen*

ist, aber das können wir nunmal nicht mehr ändern! Es bringt nichts uns zu töten. Sei doch gnädig verdammt!<<
flehte ihn Heinrich auf's Neue an.
Doch Kaan rührte keinen Muskel und flüsterte zu sich selbst:
>>Und wie sich das etwas bringt du verdammter Bastard. Die Welt wird dadurch drei von deiner Sorte los werden.<<
Die Schritte, die Rufe und das Stöhnen hinter den drei Männern wurden immer lauter. Mit ihnen auch die Schreie und flehenden Hilferufe der alten Männer, die dafür sorgten, dass umso mehr Lärm entstand.
Währenddessen wippte Kaan leicht mit seinem Kopf zu der Musik mit dem Titel „Jungle" von Jamie N Commons und wartete auf seine Gäste.
Heinrich flehte ihn immer mehr an und wurde dabei auch immer lauter:
>>Junge! Du musst wissen, dass nicht wir drei deinen ge- liebten Großvater getötet haben, sondern die US- ameri- kanische Regierung. Es war ja nicht nur dein Großvater, den diese verdammten Mistkerle umgebracht hatten. Sie hatten noch weitere damals umbringen lassen, weil es noch ein paar mehr gegeben hatte, die misstrauisch geworden waren und angefangen hatten viele Fragen zu stellen. Sie wurden einfach so, ganz schnell, aus dem Verkehr gezogen. Wir hatten uns nicht so verhalten, weil uns das irrsinnig viel Spaß bereitet hatte. Wir taten das um unsere eigenen Ärsche vor diesen kranken Irren zu beschützen. Denn das waren ganz üble Typen, sage ich dir, mit denen man sich lieber nicht anlegen sollte.<<
Kaan hörte sich alles, was Heinrich zu sagen hatte ganz genau an, jedoch wollte er nicht weich werden und Gnade über die drei alten Männer walten lassen. Er war nach wie vor der Meinung gewesen, dass sie sterben mussten. Während Heinrich und die anderen beiden Männer weiter winselten und jam-

merten, ließen die Zombies auch schon nicht mehr länger auf sich warten und die ersten waren bereits eingetroffen.

Den drei Männern ergriff sofort das Schaudern und die pure Angst, als die Zombies mit ihren kalten, verschrumpelten und verfaulten Fingern und Händen ihre nackten Oberkörper berührten.

Sie schrien lauthals, aber ihnen war nicht mehr zu helfen. Es dauerte nicht lange und schon versank der erste Zombie seine verfaulten und gebrochenen Zähne in die Schulter von Heinrich und biss ein ordentliches Stück Fleisch ab. Heinrich schrie als ob man ihm den ganzen Arm ausgerissen hätte. Gleich danach folgten viele weitere Bisse von vielen weiteren Zombies. Auch Franz und Johnny wurden bei lebendigem Leibe aufgefressen. Eines der Zombies biss Johnny so tief ins Gesicht, sodass er seine Nase mitsamt dem Oberkiefer herausgerissen hatte. Eine ganze Horde an Zombies hatte sich nach kürzester Zeit um die drei alten Männer geschart und ihnen ihre Bäuche aufgerissen und ihre Eingeweide auf dem grasigen Erdboden verteilt. Ihre Gedärme klatschen wie nasse Säcke auf, während ihre Gliedmaßen ausgerissen wurden. Die Zombies nagten an ihnen wie als würden sie an einer Hühnerkeule nagen. Kaan stand immer noch mit einem gesunde Abstand vor ihnen und beobachtete das Gemetzel in aller Ruhe während er immer noch genüsslich an seiner Zigarre paffte.

Er wartete darauf bis sich noch weitere Zombies dazugesellten ehe er mit seiner Bazooka abfeuern wollte.

Trotz der Entfernung und der lauten Musik waren die schmatzenden Kaugeräusche der Zombies und auch die Geräusche, die das Fleisch von sich gab als es von den Körpern ausgerissen wurde, nicht zu überhören.

Sie drangen mehr als nur laut in die Ohren von Kaan, der ihnen dabei seelenruhig zugesehen hatte.

Nun waren, Kaan's Meinung nach, bereits jede Menge an Zombies versammelt gewesen. Er legte die Bazooka an und zielte genau in die große Menge an wandelnden Toten. Er hielt kurz inne, atmete einmal tief ein und feuerte die Bazooka ab. Das Geschoss traf in die Horde an Zombies und jagte sie alle-samt, mit einem ganz großen Knall, in die Luft.
Jede menge zerstückelte und explodierte Leichenteile verteilten sich im Wald und bedeckten alles um sich herum mit dem Blut der Zombies.
Ein großes Feuer war dabei nicht zu vermeiden und somit setzte das Geschoss den Wald in Brand. Dadurch krochen und taumelten einige der Zombies, die nicht vollkommen zerstückelt worden waren und sahen aus wie verkohlte Briketts. Sie dampften wie eine Lokomotive und stießen einen noch übleren Gestank aus als vorher.
Einige von ihnen wurden bereits auf Kaan aufmerksam und schlenderten auch schon in seine Richtung. Kaan schmiss seine Zigarre weg, hüpfte von seinem Fahrzeug hinunter, verstaute die Bazooka wieder zurück unter die Sitze und fuhr davon. Noch bevor er das Gelände des Grauens verlassen hatte, blieb er vor dem Pinzgauer stehen, stieg aus, zückte sein Jagdmesser heraus und stach es, ohne dabei einige Worte zu verlieren, in den Schädel von Gabi, die seit ihrem Tod als eine Art Galionsfigur dienen musste, hinein.
Danach setzte er sich wieder in sein Fahrzeug hinein, fuhr los und nahm dabei einen Auslöser, der für Sprengköpfe gedacht war, in seine Hand, drückte auf den roten Knopf, der sich darauf befand und löste dadurch eine gewaltige Explosion, die die gesamte Hütte samt der Umgebung in die Luft gejagt hatte, aus. Er hatte nämlich noch zuvor, während Franz und Heinrich noch bewusstlos herumlagen und Johnny zitternd saß und auf seinen Tod wartete, die gesamte Hütte mit Sprengkörpern ver-

sehen und sämtliche Waffen, Munition und sonstige Dinge, die ihm nützlich sein könnten, an sich genommen und alles in seinem Fahrzeug verstaut.

So entfernte er sich immer weiter von dem Chaos und ließ den Ort des Verderbens für immer hinter sich.

KAPITEL 5

WEITER GEHT'S!

Es müsste etwa um die Mittagszeit gewesen sein während er
mit knurrendem Magen weiterfuhr.
Da er letzte Nacht auch gar nicht geschlafen hatte, war er umso
müder geworden. Doch mit leerem Magen wollte er sich nicht
schlafen legen.
Er brauchte vorher eine deftige Portion an Fleisch zwischen
seinen Zähnen um wieder vollkommen bei Kräften sein zu
können.
Also hatte er sich zunächst auf die Suche nach einem Tier
begeben um es zu erlegen und anschließend essen zu können.
Danach wollte er sich ein wenig hinlegen und sich ausruhen
um direkt hinterher ein paar Zombies mehr zu jagen und zu
vernichten. Denn seine Wut, die er gegenüber den drei Mist-
kerlen, die für den Tod seines Großvaters verantwortlich gewesen waren, empfunden hatte, war noch nicht zur Gänze verschwunden. Er hatte zwar dafür gesorgt, dass sie einen qualvollen Tod erlitten haben, jedoch war das einfach nicht genug
für ihn gewesen. Seine Wut war einfach viel zu groß gewesen,
weswegen er einige Zombies jagen und erlegen musste um sich
wieder beruhigen zu können.
So baute er quasi, auf seine eigene Art und Weise, Stress ab.
Es war eine Art Win-win-Situation gewesen. Die Erde wurde
dabei ein paar Zombies mehr los und er wurde etwas Stress los.
Es war in der Tat ein Gewinn für alle gewesen.
Doch bevor es überhaupt soweit sein konnte, musste er erst
einmal etwas essen.
Er befand sich auf den Straßen von Kitzbühel in Tirol und fuhr
langsam die verwüstete Straße entlang.

Er war wieder fast in Schrittgeschwindigkeit unterwegs.
Anders wäre es auch etwas schwierig gewesen, da auch diese
Straße voll von verlassenen und teilweise umgekippten Fahr-
zeugen übersät war.
Zudem lagen auch bereits einige erlegte Zombies, sowohl in
den Fahrzeugen als auch auf der Straße, herum.
Dennoch war Kaan wachsam und vorsichtig. Denn die uner-
wartete Gefahr könnte überall lauern und auch von überall
angreifen.
Das musste er neulich am See selbst in Erfahrung bringen. So
unachtsam wie damals, würde er bestimmt nicht mehr werden.
Wenn diese alten Säcke in gleich an Ort und Stelle in den
Hinterkopf geschossen hätten, dann wäre bereits nicht mehr am
Leben. Doch diese Amateure wollten ihn unbedingt mit nach
Hause nehmen. Kaan konnte sowieso nicht begreifen, wie
amateurhaft sie sich verhalten hatten. Zu denken, dass ein
armseliger alter Mann ihn hätte aufhalten können. Doch Kaan
dachte sich auch, dass sie bereits sehr alt gewesen waren und
dadurch nicht mehr in der Lage waren, gut über alles nach-
zudenken und sich einen besseren Plan zu schmieden.
Egal woran es auch immer gelegen hatte, es führte sie letzten
Endes zu ihrem tragischen Tod.
Kaan hätte sich nur gewünscht, dass sein Großvater es noch
miterleben hätte können, dass seine Verräter einen qualvollen
Tod erlitten hatten. Nun hoffte er, dass er es im Jenseits irgendwie doch noch erfahren hätte.
So rollten die schweren Reifen seines Fahrzeuges langsam über
die „Straße des Todes".
Kaan fuhr entlang einer langen und hellen Mauer bestehend
aus Betonsteinen auf denen viele Kritzeleien sich drauf be-
fanden.
Er hielt an und versuchte sie von seiner Entfernung aus zu

lesen. Viel konnte er aus dieser Entfernung nicht lesen. Er konnte lediglich einige Zahlen feststellen. Da war eine „4", eine „33" eine „2023" und einige andere. Kaan wusste, dass die Zahl „2023" für das Jahr stand, in dem die Seuche ausgebrochen war, der die gesamte Menschheit infiziert und zu Zombies verwandelt hatte. Zudem war es auch sein Geburtsjahr gewesen. Doch über die restlichen Zahlen konnte er nur spekulieren. Vielleicht standen sie für die Anzahl der Familienangehörigen, die jemand verloren hatte. Oder sie zeigten die verschiedenen Alter an, an denen die Personen gestorben sind. Er wusste es nicht. Auch einige Wandmalereien, die teilweise auch eine Ähnlichkeit zu Graffiti aufwiesen, konnte er deutlich erkennen. Blumen, Herzen, Luftballons, Schmetterlinge, die Flagge der Republik Österreich sowie ein überaus künstlerisch gemaltes Bild eines Engels mit weit ausgebreiteten weißen Flügeln von denen Blut hinunter tropfte.

Um die restlichen Schriften lesen zu können, beschloss er doch noch auszusteigen und ging vorsichtig, sich immer wieder umsehend und mit der Hand an seiner Glock, jederzeit bereit ihn herauszuziehen, zu der Betonmauer hinüber.

Als er direkt davor stand, konnte er eine Art Tafel entdecken auf der folgendes zu lesen war,

„DIE MAUER DER EWIGKEIT

Hier dürfen sich alle verewigen und drauf schreiben oder malen, was auch immer sie möchten. Hinterlassen wir gemeinsam der Welt nach uns, sofern sie existieren sollte, all unsere Erinnerungen und Botschaften!"

Kaan hielt kurz inne und dachte nach, wer wohl zuletzt etwas drauf geschrieben haben könnte und wann genau das gewesen

war. Denn seiner Meinung nach, würde keine Welt nach dieser
Apokalypse mehr existieren. Sie würde mit ihr untergehen.
Er sah sich die Mauer an und las ein paar von den restlichen
Verewigungen.
Es standen teilweise einzelne Wörter und Namen wie,
„ROMBLOG", „AUFWIEDERSEHEN", „ERBARMEN",
„HOFFNUNG", „SABINE", „ELISABETH", „VIKTOR",
„ROMAN" sowie einige kurze Texte wie,

„Wieso gehen wir nicht an windigen Herbstabenden,
schweigend, Hand in Hand und hören dabei nur unseren
Herzen zu, wie sie mit einander sprechen?"

„Weißt du noch, wie ich dir sagte, dass ich eine Special Edition
sei?
Tja, mir ist im Nachhinein klar geworden, dass es so war, weil
du an meiner Seite gewesen warst.
Ohne dich, bin ich nur ein herkömmliches und einfaches
Individuum, der ganz und gar nichts Spezielles an sich hat.
Denn das einzig Spezielle, bist du gewesen."

Auch Sprüche waren zu lesen, die wie folgt lauteten,

„Es gibt keine Hilfe!", „Die Welt und auch die Menschheit ist
verloren", „Hilfe", „Sie sind alle fort", „Bessere Zeiten werden
wieder kommen!", „Aus dieser Asche, werden wir eine neue
und auch gleich eine bessere Welt aufbauen", „KÄMPFEN
UND ZUSAMMENHALTEN, DENN NUR SO KÖNNEN
WIR ÜBERLEBEN!", „Wo ist der RESET Knopf?" „Dieses
verfluchte Virus" „Die Welt legt sich nun für immer schlafen"

Und weiter hinten waren noch weitere Sprüche zu lesen, die

folgendes beinhalteten,

„Super, duper, Schnitzelwunder!" direkt darunter stand,
„Super, duper, Frankfurter!, und direkt unter diesem stand,
„Süper, düper, schöner Döner!"

Kaan verzog dabei ein wenig sein Gesicht und hob eine Augen-
braue hoch, während er sich dachte, dass sich wohl einige
Kinder etwas Spaß erlaubt hätten. Jedenfalls musste er im
Anschluss leicht grinsen.
Vieles hatte die Mauer verziert und vieles war zu lesen und
auch zu bestaunen gewesen. Kaan überlegte eine Weile, ob er
vielleicht auch etwas darauf verewigen sollte und entschloss
sich dann am Ende, doch noch etwas zu schreiben. Da er weder
Stifte noch Farbe bei sich hatte, zog er sein Jagdmesser heraus
und begann in die Mauer etwas zu gravieren.
Mit langsamen Handbewegungen ritzte er seine Botschaft
hinein.
Als er am Ende fertig wurde, betrachtete er ganz kurz seine
Gravur und machte sich wieder auf den Weg. Denn es war
schon bereits Nachmittag gewesen und er musste sich noch
etwas zu essen zubereiten.
So stieg er in sein Fahrzeug hinein und fuhr davon.
Auf der Mauer mit Betonsteinen hatte er folgendes hinterlassen, „Die Verantwortlichen wurden bereits zur Rechenschaft
gezogen!"

Kaan suchte das nächstgelegene Waldgebiet auf in der Hoffnung auf etwas Größeres zu treffen als nur ein Kaninchen.
Denn er hatte wirklichen Kohldampf und könnte ohne Probleme ein ganzes Reh verdrücken.
Und die Müdigkeit setzte ihm auch schon zu.

Trotz dem Ganzen musste er sich konzentrieren und durfte
nicht die Kontrolle über sich verlieren.
Die Straße, die sich zu einem Autofriedhof verwandelt hatte,
hatte er bereits verlassen und befand sich auf einer Freilandstraße. Nachdem er auch hier einige Kilometer auf seinem
Tachometer verzeichnen konnte, wurde Kaan doch tatsächlich
auf einige Rehe aufmerksam, die ruhig vor sich hin grasten und
dabei in die Luft schauten. Er freute sich auf der Stelle. Sofort
hielt er sein Fahrzeug an um sie nicht zu verschrecken und zu
verscheuchen.
Er griff nach hinten und holte ein Scharfschützengewehr hervor. Langsam fuhr er die Fensterscheibe von der Beifahrerseite
herunter und sah durch das Zielfernrohr. Nachdem er sich für
einen von ihnen entschieden hatte, visierte er es an, achtete auf
seine Atmung und drückte anschließend den Abzug.
Die Kugel traf das Tier direkt in den Kopf und brachte es zu
Boden. Die restlichen Rehe hüpften schnell davon und verschwanden im dichten Wald hinter ihnen. Kaan legte sein
Scharfschützengewehr wieder nach hinten zurück, stieg aus
und holte sich seine große Beute ab. Mit nur einem Hieb
schulterte er das Reh und trug es zu seinem Fahrzeug um es
anschließend hinten zu verladen. Er setzte sich wieder an das
Steuer und fuhr los um sich einen geeigneten und sicheren
Platz zu suchen an der er in aller Ruhe essen konnte. Am
Besten gleich in der Nähe eines See's oder Baches, weil er auch
ebenso großen Durst hatte.
Während er immer noch auf der Suche war, wurde er auf ein
Bauernhof, der sich auf der freien Weide auf einem Hügel
befand, aufmerksam.
Sofort kam er zu sich und machte seine Augen viel weiter auf
als er sehen konnte, dass sich sowohl eine Kuh als auch zwei
Pferde dort befanden. Er dachte zuerst, dass er sich das viel-

leicht nur einbilden würde, aber es war echt.

Kaan dachte sich nur dabei, wieso der Bauernhof, ohne jegliche Absperrungen und ohne Aufsicht, einfach da gestanden hatte. Ihm wurde etwas Flaum im Magen und er bekam ein mulmiges Gefühl dabei.

Doch dennoch kam er nicht drum herum sich die Lage anzusehen. Also wendete er sein Fahrzeug in die Richtung des Bauernhofes zu und fuhr ihm direkt entgegen.

Kurz bevor er angekommen war, fuhr er etwas langsamer und sah sich die Umgebung von seinem Fahrzeug aus an.

Es schien sich niemand auf dem Bauernhof aufzuhalten. Er schien verlassen worden zu sein. Aber die Tiere sahen noch recht frisch und fit aus.

Kaan beschloss auszusteigen und sich endgültig davon zu vergewissern.

Seine Glock im Anschlag, ging er mit langsamen Schritten auf dem Bauernhof umher und näherte sich dem Tor von der Scheune zu.

Sie war zu, aber nicht abgesperrt. Immer noch seine Waffe nach vorne gerichtet, öffnete er das Tor und ging mit ausgestrecktem Kopf und der Glock voran.

Es war wie ein Hauptgewinn für ihn gewesen als er all die Essensvorräte darin gesehen hatte. Sie waren alle nebeneinander bis obenhin gestapelt. Und auch jede Menge Heu für die Kuh und die beiden Pferde war vorhanden.

Während er immer noch seinen großen Fund bewunderte, sprach plötzlich eine tiefe und männliche Stimme zu, von der er nicht sofort wusste, woher sie und von wem sie kam. Sie sagte:

>>*An deiner Stelle würde ich ganz schnell wieder abhauen Junge!*<<

Kaan drehte sich langsam um die eigene Achse und sah sich in

der Scheune um und hielt dabei die Glock weiter nach vorne ausgesteckt, um herauszufinden woher die überraschende Stimme gekommen war. Nachdem er wieder stehen geblieben war, hielt er kurz inne und beschloss doch noch zu antworten: *>>Komm lieber raus Opa und zeig dich wie ein Mann!<<*
Es dauerte nicht lange bis die Stimme ihm wieder antwortete: *>>Gut, ich werde hinauskommen, aber verspreche mir, dass du nicht auf mich schießen wirst!<<*
Kaan überlegte einen kurzen Augenblick und antwortete wie folgt:
>>Das werden wir sehen.<<
>>Wie du meinst Junge.<<
antwortete ihm die Stimme und gleich danach kam ein älterer Mann hinter dem hochgestapeltem Heu hervor und hielt ein Jagdgewehr vor seiner Brust, mit der er auf Kaan zielte.
Er hatte weiße Haare und ein Vollbart. Er trug ein kurz-ärmeliges Hemd und eine Jagdweste drüber. Als Beinkleid hatte er, ähnlich wie Kaan, eine Cargohose an.
Für sein alter schien er recht fit zu sein und wirkte auf Kaan zudem noch sehr gelassen und gar nicht ängstlich oder panisch.
>>Ganz langsam alter Mann!...Wieso hast du eine Waffe und zielst damit auf mich?<<
wollte Kaan von ihm wissen.
>>Wieso hast du eine und zielst damit auf mich? Und das noch dazu auf meinem Grundstück?<<
stellte ihm der alte Mann eine Gegenfrage.
>>Um mich vor möglichen Gefahren zu beschützen natürlich.<<
antwortete ihm Kaan. Der alte Mann grinste und sagte:
>>Dito!<<
und dann fügte er noch hinzu:
>>Du scheinst mir ein netter Typ zu sein. Was hältst du davon,

dass wir unsere Waffen niederlegen und gemeinsam einen
Scotch trinken und uns besser kennenlernen. Ich hätte da noch
jede Menge Ballantine's vorrätig.<<

Kaan dachte schweigend über das Angebot des alten Mannes
nach. Er war etwas misstrauisch und dachte, dass der alte Mann
ihm eine Falle stellen könnte. Also antwortete ihm Kaan und
sagte:

>>Nur wenn du deine Waffe zuerst niederlegst!...Aber nimm
vorher die Patronen heraus!<<

Der alte Mann lachte laut auf und sagte:

>>Du gefällst mir mein Junge! Du scheinst dich wohl ein
wenig auszukennen...Na gut! Hier, ich nehme meine Patronen
heraus, sieh her!<<

Der alte Mann nahm tatsächlich die Patronen aus seinem
Jagdgewehr heraus und hielt sie hoch, sodass Kaan sie auch
deutlich sehen konnte.

Kaan war überrascht gewesen, dass der alte Mann sie so
schnell herausgeholt hatte und dachte, dass er vielleicht verrückt sei.

Jetzt forderte der alte Mann ihn auf und sagte:

>>Jetzt nimmst du dein Magazin heraus und steckst sie ge-
meinsam mit deiner hübschen Waffe weg!<<

Kaan überlegte einen kurzen Augenblick und war sich nicht
ganz sicher dabei, aber der alte Mann war alleine und in seinem
Gewehr befand sich keine Munition. Er dachte sich, dass der
Mann sein Wort gehalten hatte, also hielt auch er sein Wort
und nahm das Magazin seiner Glock heraus, hielt sie auch
hoch, damit der alte Mann sie deutlich sehen konnte und stecke
sie beide weg.

Der alte Mann grinste ihn an, ging zu ihm hinüber, reichte ihm
die Hand und stellte sich vor:

>>Ich bin Papo! Und wie heißt du Junge?<<

Kaan hob langsam seine Hand hoch, ergriff die des alten Mannes und sagte:

>>*Ich heiße Kaan, Kaan Sert!*<<

>>*Freut mich Kaan Sert! Willkommen auf meinem Bauernhof!*<<

hieß ihn Papo Willkommen und lächelte ihn freundlich an. Kaan bevorzugte es ernst zu bleiben und nickte nur mit seinem Kopf.

>>*Wusste ich doch, dass du keiner von den schlechten Typen bist. Na komm! Lass uns ein paar Kurze kippen!...Schicke Sonnenbrille übrigens!*<<

sagte Papo und ging voraus. Kaan blieb eine kurze Weile stehen und ging ihm dann hinterher.

Das kleine und bescheidene Haus von Papo war recht gemütlich eingerichtet.
Ausgestattet mit zwei sehr bequemen braunen Sofas auf denen sich keine Muster befanden. Dafür kleine und runde Kissen, die farblich dazu passten. Ein kleines Fernsehgerät, das gerade mal 32 Zoll Bildschirmdiagonale hatte, stand, selbstverständlich abgedreht, da seit Jahren nichts mehr gesendet wurde, auf einem, gerade mal kniehohem, Fernsehtisch. Neben dem Fernsehtisch, auf dem Parkettboden, befand sich ein Blumentopf aus weißer Keramik, aus dessen feuchter Erde eine sehr grüne Pflanze heraus gesprossen war, die als Monstera Deliciosa bekannt war. Es schien so als würde Papo sich sehr gut um sie kümmern.
Auch ein kleiner Kaminofen befand sich in seinem Haus. Darin befand sich noch etwas Brennholz, das auf die richtige Jahreszeit wartete um endlich angezündet zu werden.
Auf dem schmalen und etwa ein Meter langem Steg über dem Kaminofen, standen vier Bilderrahmen in denen sich Familien-

fotos, aber auch Fotos von Einzelpersonen befanden.
Von der Decke baumelte ein sehr schöner und glänzender
Luster herunter, dessen Kristalle bunt funkelten.
Auf dem Veranda des Hauses befand sich noch ein eleganter
Schaukelstuhl aus Akazienholz.
Das Reh, das Kaan erst kürzlich erlegt hatte, befand sich
mittlerweile im Hintergarten und lag im schattigen Bereich des
frischgemähten Rasens.
Kaan saß Papo direkt gegenüber. Auf dem kleinen und runden
Tisch zwischen ihnen stand nichts anderes als zwei halb ge-
füllte Gläser mit Whiskey und die dazugehörige Flasche
Ballentine's Scotch Whiskey. Sie tranken genüsslich ihr erstes
Glas Scotch und lernten sich etwas genauer kennen.
>>Wie kommt es, dass du eine Kuh und zwei Pferde hast?<<
wollte Kaan von dem alten Mann wissen, der sich eine Pfeife
angesteckt hatte.
Er nahm seine Pfeife aus dem Mund und antwortete dem neu-
gierigen jungen Mann:
>>Zum essen.<<
Er rauchte weiter an seiner Pfeife und klärte anschließend Kaan
zur Gänze auf:
*>>Kühe und Pferde haben eine natürliche Lebenserwartung
von zwanzig bis dreißig Jahren. Und die Tiere, die du draußen
vor der Scheune gesehen hast, segnen schon bald das Zeitliche.
Ich hatte sie bekommen, da waren bereits acht Jahre vergangen seit dem Ausbruch der Seuche.<<*
Er nahm ein Schluck von seinem Scotch, rauchte etwas an
seiner Pfeife und erzählte weiter, während Kaan ihm immer
noch aufmerksam zuhörte:
*>>Ihre Vorfahren also, wurden bereits verzehrt, nachdem sie
uns vorher reichlich mit frischer Milch versorgt hatten. Es mag
vielleicht grausam klingen, aber so ist das nun mal. Sie sind*

nicht unsere Haustiere oder dergleichen.<<
An dieser Stelle unterbrach Kaan den Mann, der sich Papo nannte:
>>Uns?<<
Papo nickte und antwortete:
>>Ja, uns...Ich lebte vor vielen Jahren mit meiner Familie hier. Besser gesagt mit meinem Sohn, seiner Ehefrau und ihrer Tochter Isabella.<<
Er nahm einen weiteren Schluck von seinem Scotch, zog erneut an seiner Pfeife und erzählte weiter:
>>Meine Frau starb bereits 2020 an den Folgen von Corona. Das war das Virus, das die Menschheit vor der jetzigen geplagt hatte. Da warst du noch gar nicht auf der Welt mein Junge. Mein Sohn beging eines Tages Selbstmord, nachdem er meiner Schwiegertochter in den Kopf schießen musste, weil sie sich infiziert und verwandelt hatte. Er war schwach und hat es ohne sie nicht länger ausgehalten. Somit habe ich meine Enkelin Isabella alleine groß gezogen. Denn sie war dreizehn Jahre alt gewesen als es zum ersten Mal losging<<
Er hielt kurz inne und wurde für einen kurzen Moment nachdenklich. Kaan trank währenddessen einen Schluck von seinem Whiskey. Papo kam wieder zu sich und erzählte weiter, während seine Augen immer noch in die Leere starrten:
>>Jetzt ist sie bereits dreiundvierzig Jahre alt...Mein Gott, wie schnell die Zeit seitdem vergangen ist. Trotz der Apokalypse ziehen die Jahre sehr schnell an einem vorbei.<<
Er machte einen weiteren Zug von seiner Pfeife.
>>Und wo ist sie jetzt?<<
Papo nahm seine Pfeife aus dem Mund heraus und antwortete ihm:
>>Sie ist draußen unterwegs. Sie geht jeden Tag hinaus und sucht nach Vorräten und allem was wir brauchen könnten.<<

Kaan wurde neugierig:
>>*Ganz alleine?*<<
Papo lächelte ein wenig und sagte:
>>*Was soll ich sagen mein Junge? Sie ist eben eine taffe und starke Frau, die sich vor nichts und niemandem fürchtet.*<<
>>*Dennoch kann es gefährlich da draußen werden. Sie sollte lieber nicht mehr alleine hinaus gehen.*<<
teilte Kaan seine Meinung mit.
Papo machte einen weiteren Zug von seiner Pfeife, lächelte und sagte:
>>*Du bist doch auch all die Jahre alleine draußen unterwegs gewesen.*<<
>>*Mich kannst du hier nicht mit ihr vergleichen. Mein Fall ist gänzlich etwas anderes. Ich bin da draußen in der Wildnis groß geworden. Ich habe von Anfang an da draußen gekämpft, gejagt und versucht am Leben zu bleiben, koste es was es wolle. Ich habe sehr viel gesehen und noch mehr erlebt.*<<
Er machte einen weiteren Schluck von seinem Whiskey.
Sie schwiegen für einen kurzen Moment. Dann wollte Papo folgendes von ihm wissen:
>>*Schon beim Entladen des Reh's sagtest du mir, dass du auf der Durchreise und somit ständig unterwegs bist und keinen festen Ort zum bleiben hast...*<<
Kaan sah ihn mit fragenden Blicken an. Papo sprach weiter:
>>*Wenn du möchtest, kannst du hier bei mir und meiner Enkeltochter bleiben...Zumindest für eine Weile, wenn du nicht vorhaben solltest, für immer bei uns zu leben.*<<
Kaan dachte einen Augenblick über das großzügige Angebot des alten Mannes nach, trank den restlichen Scotch in seinem Glas auf ex aus und antwortete ihm schließlich:
>>*Danke, aber ich gehöre nicht hier her. Mein Platz ist da draußen. Ich muss immer in Bewegung bleiben und... jagen.*<<

Papo machte einen weiteren Zug von seiner Pfeife und danach trank auch er den Rest seines Scotch's auf ex aus, lächelte und sagte:

>>*Na jagen kannst du auch weiterhin hier bei uns. Wir werden es dir bestimmt nicht verbieten oder ausreden oder so was.*<< Danach füllte er sowohl sein Glas als auch das Glas von Kaan für eine weitere Runde mit Whiskey auf.

Kaan versuchte das Thema zu wechseln und fragte:

>>*Wieso habt ihr euer Grundstück nicht abgesperrt?*<<

>>*Nun ja, das war bisher nicht notwendig. Wir leben an einem sehr abgelegenen Ort. Bisher hatten wir keine Probleme. Deswegen wüsste ich nicht, wieso wir das Gelände absichern sollten.*<<

Machte ihm Papo klar und sowie er die Flasche wieder auf den Tisch gestellt hatte, hörte er schon das Fahrzeug seiner Enkeltochter vor die Einfahrt fahren

Er stand auf und machte sich auf den Weg seine Enkeltochter zu empfangen. Kaan saß auf seinem Platz und versuchte immer noch die Antwort des alten Mannes zu verstehen, aber kein einziges Wort davon ergab für ihn einen Sinn. Er trank seinen frisch eingeschenkten Whiskey auf einem Hieb und stellte sein leeres Glas wieder auf dem Tisch ab. Seine Gedanken wurden von der müden Stimme des alten Mannes unterbrochen, der ihm folgendes sagte:

>>*Na los, komm mit! Ich möchte dir meine Enkelin vorstellen.*<<

Kaan blieb noch einige Sekunden sitzen eher er aufstand und dem alten Mann folgte.

Als sie draußen auf der Veranda standen, sahen sie Isabella und drei sehr kriminell aussehende Männer, die ausgesehen haben, als wären sie frisch vom Gefängnis ausgebrochen.

Einer von ihnen hielt Isabella am Arm fest und drückte ihr

seine Pistole an den Kopf, während die anderen beiden Männer ihre Waffen auf Kaan und Papo gerichtet hatten.

Sie hoben beide ihre Hände und Kaan konnte es sich nicht verkneifen, in diesem Moment folgendes zu Papo zu sagen:

>>*Genau deswegen solltet ihr euch immer absichern.*<<

Papo warf ihm einen verlegenen Blick zu und hob dabei seine Schultern.

Dann hörten sie den Anführer der Bande folgendes zu ihnen hinüber rufen:

>>*Unser süßes Schätzchen hier sagte, es wäre nur ein alter Mann hier, aber nun sehe ich einen weiteren. Sind etwa noch mehr im Haus?*<<

Er drückte seine Pistole noch fester an den Kopf von Isabella, die reflexartig ihren Kopf zur Seite neigte und ihr Gesicht leicht verzog.

Papa antwortete ihm:

>>*Nein, sonst ist niemand im Haus. Er ist erst vor ein paar Stunden angekommen. Er war ein Gast Gottes, also habe ich ihn eingeladen ein wenig zu bleiben.*<<

Der Mann, der der Anführer zu sein schien, sagte daraufhin folgendes:

>>*Na wenn das so ist...Dann sind wir die Gäste des Teufels.*<< und begann laut zu lachen an. Seine beiden Freunde taten es ihm gleich und lachten ebenfalls ganz laut.

Die Sonne war schon am Untergehen und ein leichter Wind zog über sie hinweg. Kaan sah mit finsteren Blicken die Männer, einen nach dem anderen, an und überlegte sich schon, wie er die Lage schnellstmöglich unter Kontrolle bringen könnte.

Doch das sollte wohl noch einige Zeit in Anspruch nehmen, denn der Anführer forderte sie alle auf wieder zurück in das Haus zu gehen.

Papo und Kaan gingen voraus während die zwei anderen Männer ihnen mit ihren Waffen hinterher gingen.

Dann betrat er auch, immer noch die Waffe an den Kopf von Isabella haltend, mit ihr das Haus und machte die Tür hinter sich zu.

Drinnen wurden sie aufgefordert sich hinzusetzen. Kaan und Isabella hatten sich noch nicht persönlich kennengelernt. Also starrten sie sich hin und wieder schweigsam an.

Isabella sah recht fit aus, musste Kaan feststellen. Zudem war sich auch noch sehr attraktiv. Die Farbe ihrer schulterlangen Haare ähnelte der vom Heu. Nahezu golden leuchteten sie. Sie war etwa 1,70 cm groß und weder zu schlank noch zu dick. Sie trug ein helles und offenes Flanellhemd, ähnlich wie die von Holzfällern, dessen Ärmel sie bis zu ihren Ellenbogen hoch gekrempelt hatte, unter der eine hellbraune Bluse zum Vorschein kam. Unterhalb hatte sie dunkelblaue Jeans an. An der Hüfte trug sie nur eine einzige Pistole und ein Schweizer Taschenmesser.

Optisch wirkte sie schon mal wie eine taffe und strake Frau, genau wie Papo es ihm beschrieben hatte, dachte sich Kaan. Doch leider war sie nicht taff genug um ihre Kidnapper ausschalten zu können.

Die waren gerade dabei, das Haus zu betrachten und auch zu bewundern. Kaum waren sie drinnen, hatten sie schon angefangen alles zu durchwühlen und das gesamte Haus auf den Kopf zu stellen.

Sie suchten nach allen möglichen Gegenständen, die sie gebrauchen könnten.

Papo brach das Herz während er zusehen musste, wie diese drei Ganoven sein gesamtes Haus auseinander nahmen. Es tat ihm sehr weh.

Isabella erging es ähnlich, wobei sie vielmehr mit Wut erfüllt war als mit Trauer. Und Kaan war erfüllt mit Hass und Wut. Am Liebsten hätte er sie auf der Stelle erschossen, aber sie hatten ihm, kurz bevor sie ihn aufgefordert hatten, sich zu den anderen hinzusetzen, alle seine Waffen abgenommen.

Kaan hatte die Waffen nicht unbedingt nötig um sie zu erledigen. Das hätte er auch mit seinen bloßen Händen und seinen Nahkampfkenntnissen geschafft, aber er musste sich noch zurückhalten, da er weder Papo noch Isabella in Gefahr bringen wollte.

Daher blieb ihm im Moment nichts anderes übrig als, genau wie die Hausbesitzer, still zu sitzen und sich das Chaos, das sich vor ihren Augen abspielte, anzusehen.

Papo zuckte jedes Mal leicht zusammen, wenn einer der Eindringlinge ein Gegenstand auf den Boden geworfen und kaputt gemacht hatte. Die Geräusche, die dadurch entstanden, hielten seine Ohren kaum aus. Mit jedem Bruch, war es so, als würde ein Teil seines Herzens brechen. Denn viele dieser Gegenstände gehörten seiner Frau. Ihm kam es so vor, als würden sie nicht die Gegenstände kaputt machen, sondern seiner Frau wehtun. Doch er konnte nichts dagegen unternehmen und musste all das mit gesenktem Kopf über sich ergehen lassen.

Kaan sah sich zwei der Männer noch genauer an, während einer von ihnen hinaus gegangen war um eine Runde um das Haus zu drehen und nachzusehen, was sich sonst noch so alles draußen befand.

Die Männer sahen nicht aus wie Jäger oder irgendwelche Spezialisten von irgendetwas. Das waren einfach drei Männer, die anderen nichts als Leid und Schaden zufügten. Die Sorte von Menschen kannte er nur zu gut. In der Vergangenheit war er oft Männern dieser Art begegnet, die er am Ende alle getötet hatte. Anfangs waren es größere Gruppen, die jedoch von Zeit

zu Zeit immer kleiner wurden, da einige von ihnen nicht lange in dieser Welt überlebten. Und die, die überlebt hatten, um die hatte sich Kaan gekümmert. Jetzt musste er feststellen, dass sie anscheinend nur noch maximal zu Dritt unterwegs waren.
Denn nach den Ex-Soldaten bestand die Gruppe von diesen Parasiten ebenfalls aus drei Personen.
Doch nach Kaan's Plan würden sie auch nicht mehr länger bestehen bleiben.
Seine Expertenaugen konnten bei dem Anführer, der sich immer noch nicht vorgestellt hatte, eine lange Narbe hinter seinem Ohr ausfindig machen, die von einem großen und spitzen Gegenstand verursacht worden sein musste.
Sein Tipp war eine Machete.
Die Narbe reichte ihm bis in den Rücken hinunter, war jedoch von seiner Bekleidung verdeckt gewesen. Sie schien noch frisch zu sein. Etwa zwei Monate her dürfte der Angriff auf ihn stattgefunden haben.
Möglicherweise wollte sich jemand wehren und griff ihn mit einer Machete an, war jedoch nicht erfolgreich damit.
Draußen war die Sonne bereits untergegangen und der Himmel hatte sich dunkel verfärbt. Einige Sterne konnte man noch mit bloßen Augen leuchten sehen.
Plötzlich drang ganz laute Musik von draußen in ihre Ohren hinein. Kaan erkannte die Musik sofort. Denn sie war seine Musik. Sie kam aus seinem Fahrzeug. Irgendjemand dürfte sie angemacht und noch dazu bis zur vollen Lautstärke hochgedreht haben.
Er stand auf der Stelle auf und befahl in einem gebieterischem Ton, dass die Musik sofort wieder abgedreht werden soll.
Der Anführer befahl ihm sich wieder hinzusetzen und hielt ihm seine Waffe vor die Nase.
Daraufhin sagte Kaan:

>>Ihr werdet uns noch alle damit umbringen. Die Musik ist viel zu laut. Sie wird sämtliche Zombies, die sich in der Nähe herumtreiben zu uns locken. Ihr solltet die Musik ganz schnell wieder abdrehen.<<

Noch bevor der Anführer darauf etwas sagen konnte, platzte schon der dritte Mann hinein, der sich das Haus von außen herum angesehen und auch noch die Musik ganz laut aufgedreht hatte, herein und sagte:

>>Puh, also ich sage es dir Bernhard...So ein Fahrzeug, wie das da draußen, hast du nicht gesehen. Und ich meine nicht das von der Schnecke, die uns hierher geführt hat. Das Fahrzeug ist ein wandelndes Waffenarsenal sage ich dir. Ach ja, in der Scheune befinden sich jede Menge Lebensmittelvorräte und auch viele Kanister Benzin, sowie Batterien und all das Zeug. Eine Kuh, zwei Pferde und ein frisch erlegtes Reh haben wir auch noch. So sieht wohl der Lottogewinn der Apokalypse aus.<<

Er lachte dabei.

Isabella ergriff das Wort und sagte:

>>Nichts davon gehört euch. Das ist alles unser Zeug und unsere Tiere. Ihr bekommt nichts davon ab. Verschwindet endlich und lasst uns in Ruhe!<<

Jeder im Haus, konnte deutlich die Wut und den Ärger in ihrer Stimme heraushören.

Der Anführer, dessen Name Bernhard zu sein schien, machte langsame Schritte zu ihr hinüber. Isabella saß immer noch auf ihrem Platz, direkt neben Papo während Kaan weiterhin gestanden hatte.

Bernhard drückte ihr die Pistole an ihre Stirn und sagte mit ruhiger Stimme:

>>Es gehört nun alles zu uns. Auch ihr seid jetzt unser Eigentum. Ihr werdet zu unseren Sklaven und werdet uns von vorne

bis hinten bedienen. Und du Schätzchen...wirst meine per-
sönliche Dienerin mit Sondereinlagen werden.<<
Er grinste ihr ekelhaft in ihr Gesicht, während sie seine Blicke
mit hasserfüllten Blicken erwiderte.
In diesem Moment schritt Kaan ein und sagte:
>>*Hey du Arschloch!...Das geht nun wirklich zu weit....Lass*
sie lieber in Ruhe! Ich warne dich!<<
Nun wendete sich Bernhard wütend Kaan zu und sagte:
>>*Du warnst mich?...Du warnst mich?...Habt ihr das gehört*
Leute, der Mistkerl warnt mich.<<
Seine beiden Freunde und auch er begannen zu lachen. Sofort
danach wurde er wieder ernst und schlug Kaan mit seiner
Pistole ins Gesicht. Die anderen zwei hörten sofort auf zu
lachen. Kaan wurde schwarz vor Augen und fiel bewusstlos auf
den Boden. Isabella und Papo schreckten zurück. Bernhard
warf ihnen böse Blicke zu und sagte mit tiefer Stimme:
>>*Von jetzt an, werdet ihr nach meiner Pfeife tanzen.*<<
Papo und Isabella schwiegen und klammerten sich gegenseitig
fest an den Armen.
Die Musik hörte sich in diesem Moment noch lauter an als vorher und keiner von ihnen bekam mit, dass jetzt schon ein paar
der wandelnden Toten sich dem Haus genähert hatten.
Dicht gefolgt von einer ganzen Herde. Womöglich die größte,
die ihnen bisher begegnen sollte.

KAPITEL 6

UMZINGELT

Es kam ihm vor als wäre er unter Wasser getaucht und alles um ihn herum schien langsam vor seinen Augen, die ihm eine verschwommene und unklare Sicht zeigten, zu gleiten. Er konnte etwas hören, wusste jedoch nicht wen oder was. Es klang fast so, als ob jemand von außen versuchen würde ihm etwas zuzurufen während er sich noch unter Wasser hielt.

Gedämpfte und unklare Worte drangen in seine Ohren hinein. Doch je mehr er wieder zu sich kam, umso lauter und klarer wurden die Worte. Es fühlte sich für ihn so an, als würde er gerade wieder aus dem Wasser auftauchen.

Etwas oder jemand schüttelte ihn heftig, sodass er das Gefühl bekam als wäre er von einem großen Erdbeben überrascht gewesen. Doch dann wurden seine Augen klarer und sein Gehör wieder besser. Als er wieder so langsam zu sich gekommen war, stellte er nun fest, dass es Isabella gewesen war, die ihn kräftig an seinen Schultern gepackt schüttelte und ihm ununterbrochen mit hysterischer Stimme zugerufen hatte, dass er aufwachen soll.

Und so wie er wieder zu sich kam, sprang Kaan sofort auf seine zwei Beine und stellte mit Entsetzen fest, dass das Chaos ausgebrochen war während er die ganze Zeit über bewusstlos am Boden gelegen hatte. Es sah so aus, als wäre die zweite Apokalypse ausgebrochen gewesen.

Das gesamte Haus war von vielleicht hunderten von Zombies umzingelt gewesen. So viele an einem Haufen hatte er bisher noch nie gesehen. Sie hatten die Fenster des Hauses kaputtgeschlagen und hatten ihre knochigen und verfaulten Arme hindurchgestreckt und versuchten mit ihren faltigen und von

123

Maden zerfressenen Händen nach ihnen zu schnappen. Papo hatte den Schuhschrank hinter die Haustür platziert und drückte noch zusätzlich mit all seiner Kraft dagegen, sodass die Zombies auch ja nicht das Haus stürmen konnten.

Der alte Mann schwitzte und keuchte und war kurz davor zu kollabieren. Kaan wusste ganz genau, dass er das nicht mehr lange durchhalten würde.

Von Außen erklang immer noch die laute Musik aus seinem Fahrzeug.

Von den drei Übeltätern war nicht die geringste Spur vorhanden.

>>Wohin sind diese Mistkerle verschwunden?<<

wollte Kaan von Isabella wissen, die ihm folgende Antwort darauf gab:

>>Als die ersten Zombies an unserer Tür klopften und sie gesehen haben, dass eine ganze Horde dabei war das gesamte Haus zu umzingeln, sind sie geflohen.<<

Kaan wurde wütend, weil sie ihm entwischt waren und er sie nicht mehr hätte umbringen können.

Wütend taumelte er zu Papo hinüber um mit ihm gemeinsam den Schuhschrank gegen die Haustür zu drücken, die jeden Moment aufzubrechen drohte. In diesem Fall würden zahlreiche wandelnde Tote in das Haus hineinstürmen und jeden von ihnen, in nur Sekunden, in Stücke zerfleischen.

Auch Isabella packte mit an und sie drücken mit all ihrer Kraft gegen die Tür. Es dauerte nicht lange bis die ersten Schweißtropfen auf den Parkettboden tröpfelten.

>>Konntet ihr sehen in welche Richtung sie geflohen sind?<<

wollte Kaan wissen und stellte die Frage allgemein so in den Raum. Doch auch diesmal antwortete Isabella:

>>Ja, dieser Anführer von ihnen hat es irgendwie noch geschafft zu Fuß nach Süden zu flüchten...<<

In diesem Augenblick sprang sie kurz nach hinten, da der Druck hinter der Haustür immer stärker wurde und sie alle wuchtig nach vorne gestoßen hatte.

Nachdem sie sich wieder eingekriegt und festen Fuß gefasst hatte, brachte sie ihre Antwort zu Ende:

>>*Seine beiden Komplizen haben es jedoch nicht geschafft. Einer wurde sofort zur Beute der Zombies. Sie haben ihn regelrecht zerfetzt. Der andere ist zur Scheune geflüchtet, woraufhin die Zombies ihm gefolgt waren. Sie haben leider dabei die beiden Pferde und die Kuh zerrissen und kurz darauf brach in der Scheune ein großer Brand aus. Großvater vermutet, dass er das gewesen ist...um sich zu schützen oder so.*<<

>>*Dieser verdammter Idiot!*<<

rief Papo und fügte hinzu:

>>*Er hat dadurch all unsere Vorräte vernichtet. Ich denke nicht, dass wir noch irgendetwas retten können...Aber zuerst sollten wir versuchen mal uns zu retten.*<<

Keine so schlechte Idee, dachte sich Kaan, während die Tür ein weiteres Mal sich ein wenig ruckartig geöffnet hatte.

>>*Haben diese Mistkerle irgendwelche Waffen hier gelassen?*<<

wollte Kaan von Isabella wissen, die ihm folgende Antwort darauf gab:

>>*Ja, all deine Waffen liegen noch hier. In ihrer Panik haben sie alles stehen und liegen gelassen und versucht ihre eigenen Ärsche zu retten.*<<

Kaan ließ sofort seine finsteren Blicke im Haus umherschweifen und suchte ganz fokussiert nach seinen Waffen.

Sie lagen direkt hinter dem Sofa. Kaan konnte den Griff seines Jagdmessers erkennen, das sich dahinter befand.

>>*Haltet durch! Ich hole nur meine Waffen und bin wieder zurück!*<<

sagte Kaan und sprintete zu dem Sofa hinüber, griff nach seinen Waffen und steckte sie wieder zurück an ihre Plätze an seinem Gürtel.

Nachdem er wieder mit seinen geliebten Waffen vereint gewesen war, war er schon ein wenig erleichtert gewesen.

Denn zu versuchen ohne Waffen zu flüchten und der hungrigen Meute, die draußen auf sie wartete, zu entkommen, waren die Waffen mehr als nur notwendig.

Sofort gesellte er sich wieder Isabella und Papo zu und drückte erneut den Schuhschrank der Haustür entgegen.

>>*Da ich mir ganz sicher bin, dass wir auch nicht durch die Hintertür flüchten können, hoffe ich sehr, dass wir das vom Dach aus tun können...Das heißt, sobald ich „Los!“ rufe, rennen wir alle zu der Treppe, die auf das Dachgeschoss führt und von dort aus begeben wir uns auf's Dach! Habt ihr beiden mich verstanden?*<<

wollte Kaan wissen.

Isabella nickte hektisch während Papo noch am Überlegen war. Dann sagte er:

>>*Ihr zwei jungen Menschen solltet das lieber alleine tun. Ich bin viel zu alt um so schnell rennen zu können. Ich würde es nicht schaffen und würde euch nur aufhalten. Geht und rettet euch! Ich halte solange diese Bastarde draußen.*<<

>>*Nein Großvater! Ich lasse dich hier ganz bestimmt nicht alleine zurück. Entweder du kommst mit oder ich bleibe auch hier.*<<

sagte ihm Isabella während ihr die Tränen hochkamen.

Kaan bevorzugte es sich nicht einzumischen, da er der Meinung gewesen war, dass sie das untereinander ausmachen sollten.

>>*Nein Isabella! Das musst du verstehen. Ich schaffe das nicht und das weißt genauso wie ich. Ich muss hier bleiben. An-*

sonsten kriegen sie uns alle mein Kind.<<
versuchte Papo seiner Enkeltochter klar zu machen, die sich
nicht mehr länger zurückhalten konnte und sofort in Tränen
ausbrach.
Schluchzend und mit Tränen und Nasensekret überlaufenem
Gesicht versuchte sie Abschied von ihrem geliebten Großvater
zu nehmen:
*>>Großvater! Ich habe dich so sehr lieb! Bitte entschuldige,
dass wir dir nicht helfen können! Ich möchte aber nicht ohne
dich gehen. Was soll ich nur tun ohne dich? Ich liebe dich so
sehr Großvater!<<*
Die Horde hinter der Haustür drängte die drei immer mehr in
das Haus hinein.
Papo sprach mit ruhiger Stimme zu seiner Enkeltochter und
lächelte dabei ein wenig, damit sie sich nicht allzu große
Sorgen um ihn machen braucht:
*>>Meine liebe Isabella! Ich liebe dich auch vom ganzen
Herzen! Du sollst wissen, dass ich immer stolz auf dich gewesen bin und es auch immer sein werde. Du bist eine so
starke und mutige Frau geworden. Deine Eltern wären genauso stolz auf dich. Es wird schon alles gut werden mein Kind!
Ich weiß, dass du es schaffen wirst. Denn du hast es bisher
immer geschafft. Du brauchst mich nicht. Du bist stark genug
um alleine klar zu kommen. Ich habe mich entschieden
gemeinsam mit meinem Haus, mit meinem Grundstück
unterzugehen. Genauso wie ein Kapitän mit seinem Schiff
untergehen würde.<<*
Isabella konnte einfach nicht aufhören zu weinen. Sie weinte
immer mehr, je mehr ihr Großvater zu ihr sprach und seine
letzten Worte an sie richtete.
Zum Abschied sagte er noch:
>>Jetzt geh'! Geh' mit Kaan und versucht euch aus dieser

Hölle zu retten! Länger halten wir es hier nicht mehr aus. Sie sind schon beinahe herinnen. Ihr müsst euch beeilen!<<
Isabella weinte immer noch und wusste nicht was sie darauf sagen sollte. In diesem Moment entschied sich Kaan doch noch einzumischen und warf folgendes ein:
>>*So Leid es mir auch tut Isabella, aber dein Großvater hat recht. Wenn wir jetzt nicht abhauen, dann überrennen sie uns alle. Ich denke, dein Großvater hat sich bereits entschieden und weiß genau wovon er da redet.*<<
Isabella versuchte sich zu sammeln und fasste all ihre gesamte Mut zusammen. Sie wischte sich all ihre Tränen vom Gesicht ab, atmete ein paar mal fest ein und aus. Nachdem sie sich wieder ein wenig eingekriegt hatte, sah sie ein letztes Mal zu ihrem Großvater hinüber und nickt lächelnd. Er machte seine beiden Augen zu und nickte ebenfalls lächelnd.
Nun ergriff Kaan wieder das Wort:
>>*Also gut Isabella! Auf „Los!" rennen wir zwei zu der Treppe, ist das klar?*<<
Isabella atmete erneut tief ein und aus und schnaufte dabei so richtig.
Kann fragte erneut und klang diesmal sehr streng:
>>*Isabella? Bist du bereit?*<<
Jetzt nickte Isabella mehrmals und schnell mit ihrem Kopf und sagte ganz nervös:
>>*Ja, ja! Ich bin bereit! Bin bereit!*<<
>>*Also gut!*<<
sagte Kaan und schrie hinterher:
>>*Loooss!*<<
Sofort rannten er und Isabella zu der Treppe, die zum Dachboden hinaufführte.
Papo konnte deutlich spüren, wie der Druck hinter ihm ganz plötzlich an Stärke zunahm und ihn fast durch das ganze Haus

geschleudert hatte. Mit all seiner letzten Kraft drückte er noch dagegen und schrie dabei so laut, sodass Isabella erneut zu Weinen angefangen hatte, während sie immer noch am Rennen war. Papo's Kräfte gaben sehr schnell nach und sowie seine Armmuskeln gelockert hatten und seine Arme herabsanken, stürmte eine ganze Horde an stinkenden und verfaulten Zombies in das Haus herein und füllten die Räumlichkeiten in Sekunden auf. Sie packten den vollkommen erschöpften und müden alten Mann und zerrissen ihn als wäre er ein Stück dünnes Blattpapier gewesen.

Kaan hatte zugesehen, wie Papo in Stücke zerfleischt worden ist und dachte zunächst daran einige Zombies zu erschießen, hatte sich jedoch dagegen entschieden, da es nichts weiter als eine Verschwendung an Munitionen gewesen wäre. Denn er hätte Papo so oder so nicht retten können. Er entschied sich die Munitionen zu sparen, da er sie noch für seine und Isabella's Flucht benötigte.

Isabella war bereits am Dach angekommen und Kaan gesellte sich nach wenigen Sekunden zu ihr. Sofort machte er die Tür zu dem Dachboden hinter sich zu und verriegelte sie mit dem kleinen Vorhängeschloss.

Jetzt konnten die beiden ein wenig durchatmen. Doch Kaan wollte nicht allzu viel Zeit verstreichen lassen und ging weiter mit seinem Plan vor. Denn die Zombies standen bereits auch hinter der Tür zu dem Dachboden und versuchten auch diese gewaltsam aufzubrechen.

Kaan öffnete die Fensterluke, die direkt auf das Dach führte und forderte Isabella auf hinaus zu gehen. Ohne nachzudenken folgte sie seiner Anweisung. Sobald sie im Freien auf dem Dach stand, folgte er ihr sofort hinterher und machte auch hier die Fensterluke zu. Leider hatte er keine Möglichkeit sie zu verschließen und komplett abzusichern. Daher waren sie gezwungen schnell zu handeln und sofort in den nächsten Schritt überzugehen.

Draußen erklang die Musik aus seinem Fahrzeug deutlich lauter und er sagte zu Isabella:

>>*Ich muss es irgendwie schaffen die Musik in meinem Fahrzeug abzustellen und es in Gang zu bringen.*<<

Er nahm seine Glock heraus und übergab sie Isabella, die sie sofort an sich nahm. Er fragte sie, ob sie damit umgehen könne, woraufhin sie ihm mit einem „Ja" antwortete.

Er verlangte von ihr, dass sie ihm damit Rückendeckung gibt und seinen Weg von Zombies freischießt, sodass er ohne viele Umwege zu seinem Fahrzeug gelangen kann. Von oben würde sie viel besser zielen können.

Kaan hingegen zog seine Machete heraus und wollte sich seinen Weg damit freikämpfen. Isabella konnte ihm diesen Plan, der definitiv zu Selbstmord führen würde, nicht ausreden. Er machte ihr klar, dass er das schon schaffen würde, konnte sie jedoch nicht davon überzeugen. Doch einen besseren Plan hatten sie nicht, weswegen sie ihm letztendlich doch noch zustimmte.

Er verlanget von ihr zu schießen, sobald seine Füße den Boden berührten. Also kletterte er vorsichtig hinunter und sprang die letzten zwei Meter einfach hinunter und fing sofort an mit seiner scharfen Machete herumzuschwingen und die ersten Zombieköpfe abzutrennen.

Auch Isabella hatte bereits zu schießen angefangen. Sie konnte sehr gut zielen und erlegte jeweils mit nur einer Kugel ein Zombie nach dem anderen. Kaan war überrascht darüber und das motivierte ihn genug um sich durch eine ganze Horde an Zombies durchzukämpfen.

Er trennte ein Kopf nach dem anderen und schaffte es immer wieder mit der Gewandtheit eines Ninjas ihren verfaulten

Griffeln zu entkommen, die gierig versuchten nach ihm zu schnappen.

Auch Isabella war von seinen Fähigkeiten beeindruckt gewesen und hatte so etwas noch nie zuvor weder gehört noch gesehen.

Endlich hatte er es bis zu seinem Fahrzeug geschafft. Bevor er sich hineinsetzten konnte, rammte er seine Machete noch in vier weitere Köpfe um hinterher in seinem sicheren Fahrzeug zu verschwinden.

Isabella freute sich und war zugleich überwältigt gewesen, dass Kaan es tatsächlich geschafft hatte, durch die ganze Horde bis zu seinem Fahrzeug, unversehrt zu gelangen.

Ein Lächeln überkam sie plötzlich und für einen kleinen Augenblick schien sie dadurch den tragischen Verlust ihres Großvaters vergessen zu haben.

Nachdem die Musik endlich abgedreht worden war, wurde der Lärm, den die Zombies erzeugten umso lauter. Isabella hasste diese Geräusche. Sie bohrten sich in ihr Gehirn hinein, sodass sie ganz fest ihre Ohren zuhielt.

Kaan's Fahrzeug war von Zombies umzingelt gewesen. Er hatte gar nicht mitbekommen wie die gesamte Scheune brannte während er sich zu seinem Fahrzeug vorgekämpft hatte.

Erst als er den Gang einlegte und mit Vollgas die Zombies überfuhr, konnte er die lichterloh brennende Scheune vor sich fackeln sehen.

Sofort fuhr er zu der Einfahrt des Hauses auf dessen Dach sich immer noch Isabella befand und sich die Ohren zuhielt.

Er öffnete seine Dachluke und schrie zu ihr hinauf, dass sie hinein springen soll. Isabella zögerte ein wenig, doch dann sprang sie hinunter, sodass Kaan sie mit ausgestreckten Armen abstützte und sie unversehrt in das Fahrzeug hineinholte.

Sofort machte er die Dachluke wieder zu und sie beide konnten so richtig aufatmen.

Jetzt waren beide in Sicherheit gewesen. Isabella warf vom Beifahrersitz aus noch einen letzten Blick auf das Haus ihres Großvaters, der einen Heldentod gestorben war, und verabschiedete sich mit tränenden Augen indem sie ein „Danke!" flüsterte.

Kaan konnte sie dennoch hören, sagte aber nichts dazu.

Stattdessen konzentrierte er sich darauf sämtliche Zombies, auf seinem Weg in die Freiheit, zu überfahren.

Es kam ihnen beiden vor, als ob sie über grobe und herausstehende Pflastersteine fahren würden, während das Fahrzeug all die Zombies unter sich überfuhr.

Nach nur wenigen Minuten erreichten sie auch schon die Fahrbahn und ließen die Horde und das Grundstück, dass noch vor wenigen Stunden Papo gehörte, hinter sich zurück.

Isabella merkte, dass Kaan in Richtung Süden fuhr und wusste genau, dass er dadurch den Mann erwischen wollte, der für all das verantwortlich gewesen war.

Sie schwieg und war, mindestens genauso entschlossen wie Kaan, ihn aufzuspüren und zur Rechenschaft zu ziehen.

So fuhren sie beide auf der dunklen Fahrbahn und verschwanden in der Dunkelheit der Nacht.

KAPITEL 7

AUF EIN NEUANFANG!

Kaan und Isabella fuhren immer noch auf der Freilandstraße und sahen sich jeweils rechts und links ganz genau um, damit sie den Mann, der auf den Namen Bernhard hörte, ja nicht übersahen.

Es war sehr dunkel draußen. Nur die beiden Scheinwerfer des Fahrzeuges in dem sie sich befanden, warf kegelförmige Lichter auf die leere Fahrbahn vor ihnen.

>>*Vielleicht hat er sich in die Wälder zurückgezogen.*<< sagte Isabella.

>>*Wenn ja, dann ist er dümmer als er aussieht.*<< sagte Kaan und fügte hinzu:

>>*Selbst hier auf der freien Straße ist es ziemlich dunkel. Jetzt stell dir vor, wie dunkel es erst im Wald ist. Der hat sich ganz bestimmt nicht in den Wäldern versteckt. Vor allem deswegen nicht, weil es im Wald nur so von Zombies wimmelt...Nein, der ist bestimmt auf der Fahrbahn unterwegs und ich bin mir sicher, dass wir ihn auch jeden Moment aufspüren werden.*<< Isabella nahm das einfach so hin und nickte leicht mit ihrem Kopf auf und ab.

Nachdem sie ein paar Meter mehr hinter sich gelassen hatten, konnte Kaan auch schon eine Person, etwa sechs Meter vor dem Fahrzeug, schlendern sehen. Er dachte zunächst, dass es ein Zombie sein könnte, aber die Person bewegte sich viel zu schnell. Somit wurde ihm klar, dass es sich nur um den Mann handeln könnte, auf dessen Suche sie sich begeben hatten.

>>*Na? Was habe ich gesagt?*<< sagte er mit gelassener Stimme zu Isabella, die bis dahin den Mann noch nicht wahrgenommen hatte. Sie blickte durch die

Windschutzscheibe, auf der bereits einiges an Zombieblut
klebte, und so wie sie Bernhard auch gesehen hatte,
verfinsterten sich ihre Blick auf der Stelle und biss sich vor
Wut in die Unterlippe.

>>*Na los! Überfahre diesen Mistkerl!*<<
verlangte sie von Kaan mit gereizter Stimme.

>>*Echt? Nach allem was er euch angetan hat, willst du ihn
einfach so überfahren?*<<
versuchte Kaan ihr den Gedanken auszureden.

>>*Was schlägst du vor?*<<
wollte sie von ihm wissen.

Kaan sagte nichts darauf. Er trat auf das Gaspedal, überholte
den mittlerweile schockierten Mann auf der Straße und blieb
direkt vor ihm stehen. Sowie das Fahrzeug stehengeblieben
war, stieg Kaan sofort aus und lief direkt auf Bernhard zu, der
durch die ganze Strecke bereits erschöpft gewesen war.

Kaan packte ihn am Kragen und verpasste ihm einen deftigen
Schlag mitten in sein Gesicht, sodass Bernhard sofort zu Boden
ging. Danach kniete sich Kaan auf die Brust von Bernhard und
fing an ihm mehrere Faustschläge in sein Gesicht zu verpassen.

In der Zwischenzeit war auch Isabella bereits ausgestiegen und
beobachtete die blutige Aktion mit eiskalten Blicken.

Er hatte es mehr als nur verdient, war sie der Meinung.

In der gesamten Umgebung war nichts zu hören außer die
harten Schläge von Kaan und den schmerzvollen Schreien von
Bernhard. Kaan zertrümmerte regelrecht mit seinen harten
Faustschlägen das Gesicht von Bernhard. Als er fertig war, war
der Mann nicht wiederzuerkennen gewesen.

Kaan stand auf und hob Bernhard mit hoch. Er ließ ihn auf der
Straße knien und hielt ihn am Kragen fest, damit er nicht
wieder umfallen konnte.

>>*Komm her Isabella!*<<

sagte er.

Isabella sah ihn an und zögerte ein wenig. Doch dann entschloss sie sich den beiden Männern zu nähern.

Sie stand nun etwa einen Meter vor dem Mann, der mit blutigem und angeschwollenem Gesicht vor ihr kniete und sie mit halb geöffneten Augen ansah.

Sie blickte ihm ebenfalls tief in seine Augen.

>>*Nun entscheidest du, wie es mit ihm weitergehen soll.*<< sagte Kaan zu ihr. Ohne ihre Blicke von Bernhard abzuwenden sagte sie:

>>*Ist gut.*<<

Sie überlegte ein wenig und sprach zu dem Mann:

>>*Du und deine beiden Freunde haben mein Leben ruiniert. Ihr habt mir mein Zuhause weggenommen. Ihr habt mir meinen geliebten Großvater weggenommen. Ihr habt all unsere Vorräte vernichtet, die wir jahrelang gesammelt hatten...Jetzt werde ich deinem Leben ein Ende setzen.*<<

Bernhard winselte etwas unverständliches vor sich hin. Doch keiner von den beiden, weder Kaan noch Isabella schenkten ihm Aufmerksamkeit. Sie ignorierten seine verzweifelten Laute und machten einfach weiter.

Isabella ging mit langsamen Schritten zu Kaan hinüber, streckte ihre rechte Hand aus und sagte:

>>*Gib mir deine Glock!*<<

Ohne zu zögern übergab ihr Kaan seine Glock. Sie umklammerte den Griff ganz fest mit ihren Fingern und ging wieder zurück zu ihrer vorherigen Position.

Ihre eigene Waffe hatte eines der flüchtenden mitgenommen, der anschließend jedoch von den hungrigen Zombies in Stücke zerfetzt worden war. Je mehr Waffen er bei sich hat umso besser dachte er, doch am Ende haben sie ihn doch nicht retten können.

Kaan war froh darüber, dass keiner von ihnen seine Waffen mitgenommen hatte. In ihrer Panik hatten sie wohl nicht daran gedacht oder sie wussten nicht wohin mit all diesen verschiedenen Waffen. Wäre wohl eine zu große Last für sie.
Egal woran es gelegen hatte, Kaan konnte ruhig aufatmen.
Isabella stand also direkt vor Bernhard, der mit sich selbst beschäftigt war und darauf achtete, dass er nicht an seinem eigenen Blut erstickte.
Isabella forderte Kaan auf, dass er lieber aus dem Weg gehen soll. Sie wollte nicht, dass die Kugel versehentlich ihn trifft. Er hatte zwar eine Kugelsichereweste an, aber sicher ist nunmal sicher.
Also ließ Kaan Bernhard's Kragen los und er fiel sofort nach vorne und stützte sich gerade noch mit seinen wackeligen Armen, sodass er nun auf allen Vieren auf Isabella's Gnadenschuss wartete.
Isabella hob die Glock auf Bernhard's Kopfhöhe an und zielte direkt auf seine Stirn.
Sie atmete einmal tief ein und aus und richtete noch ein paar letzte Worte an ihn:
>>*Das ist für mein Großvater!*<<
So wie sie das letzte Wort ausgesprochen hatte, fiel auch schon der Schuss aus der Glock, dessen Munition Bernhard mitten in die Brust getroffen und dadurch seinem Leben ein Ende gesetzt hatte.
Isabella verharrte noch ein wenig mit ausgestrecktem Arm und der Schusswaffe in ihrer Hand auf ihrem Platz und sah ihm beim Sterben zu.
>>*Wieso hast du ihm nicht in den Kopf geschossen?*<<
wollte Kaan von ihr wissen.
>>*Ich wollte es ihm ordentlich heimzahlen. Ein einfacher Tod wäre eine Befreiung für ihn gewesen. Er soll sich lieber zu*

einem von diesen Stinkköpfen verwandeln und so weiter auf dieser verdammten Welt herum wandeln. Das ist Strafe genug für diesen miesen Dreckskerl.<<

Kaan fand, dass das eine gute Idee von ihr war und zeigte sich beeindruckt von ihrer Entscheidung. Er ging zu ihr und nahm ihr die Glock wieder ab und steckte sie zurück in sein Holster. Danach setzten sie sich wieder zurück in das Fahrzeug und fuhren weiter in Richtung Süden.

Es brach bereits der nächste Tag an. Die Nacht hatten Kaan und Isabella an einem ziemlich abgelegenem Ort in ihrem Fahrzeug verbracht.

In der Nacht sah die Gegend nach Nichts aus, aber am Tag konnten die beiden viele grüne Hügel sehen aus denen bunte kleine Blumen herausgesprossen waren. Der Himmel war schön blau und die Morgensonne strahlte direkt auf sie herab und erwärmte ihren gesamten Körper.

Kaan stieg aus dem Fahrzeug aus und streckte sich ordentlich aus. Die frische Luft, so frei vom Gestank der Zombies, tat ihm sehr gut. Es duftete überall nur nach diesen schönen Blumen, die voller Leben waren. Isabella stieg ebenso aus und streckte sich auch weit in Luft aus. Ein lautes Gähnen konnte sie sich dabei nicht verkneifen, wofür sie sich auch ganz schnell bei Kaan entschuldigte. Er lachte und gab ihr zu Verstehen, dass das vollkommen normal und dadurch nichts zu Entschuldigen wäre.

Sie lächelte verlegen und fragte:

>>Wie geht's nun weiter?<<

Kaan stemmte seine Hände in seine Hüfte und sagte:

>>Ich habe seit mehr als vierundzwanzig Stunden nichts mehr gegessen. Ich denke, dass mein Magen sich auch zu einem Zombie verwandelt hat, weil er gerade dabei ist sich selbst

aufzufressen...<<

An dieser Stelle musste Isabella lachen. Kaan sprach weiter:
>>Daher werde ich uns erst einmal ein deftiges Frühstück besorgen und dann überlegen wir weiter.<<

Dagegen hatte Isabella nichts einzuwenden und sagte lächelnd:
>>Das hört sich sensationell an!<<

Kaan holte sich zwei Jagdgewehre aus dem Fahrzeug heraus und übergab eine davon Isabella. Sie nahm das Gewehr zur Hand und bestaunte es erst einmal.

>>Mein Instinkt sagt mir, dass wir hier ein paar Kaninchen finden werden.<<

sagte Kaan und ging voran.

Isabella folgte ihm dicht hinterher.

Sie waren bereits seit einer guten halben Stunde unterwegs und suchten immer noch nach etwas Essbarem. Hinter dem grün bewachsenem Hügel befand sich ein Waldstück in das sie sich begeben hatten.

Die Sonnenstrahlen, die zwischen den grünen Blättern der Bäume hindurch schienen, erhellten den Wald in einem nahezu magischem und märchenhaftem Licht.

Auf dem Waldboden lagen viele abgefallene Blätter sowie auch abgebrochene Äste herum. Weswegen Kaan und Isabella besonders darauf achteten, wohin sie ein Fuß nach dem anderen setzten.

So schritten sie langsam und leise voran und wollten unbemerkt bleiben. Zum einen, damit sie die Tiere nicht davon scheuten, die ihnen als Frühstück dienen sollten und zum anderen, damit sie keine ungebetenen Gäste auf sich aufmerksam machten.

Dann, ganz plötzlich, hörten die beiden ein Rascheln hinter einem dicken und großen Baum. Langsam näherten sie sich zu ihm und hielten dabei ihre Jagdgewehre im Anschlag. Kaan gab Isabella mit einer Kopfbewegung zu verstehen, dass sie sich von der linken Seite nähern soll. Er würde sich von der rechten Seite nähern.

Egal wer oder was sich dahinter befand und für das Rascheln verantwortlich war, war nun umzingelt gewesen.

Sie näherten sich immer mehr dem Baum zu, doch noch konnten sie nichts dahinter erkennen. Langsam und Schritt für Schritt kamen sie immer näher.

Nun standen sie direkt vor dem Baum und warfen einen kurzen Blick zueinander, bevor sie sich darauf stürzten.

Es war ein Eichhörnchen, das an einem abgetrennten Finger nagte, der schon ziemlich verweste gewesen war.

Isabella wurde übel bei dem Anblick und Kaan war mehr als nur enttäuscht gewesen. Erstens war es kein Kaninchen, sondern ein ziemlich kleines Eichhörnchen und zweitens hatte es an einem abgestorbenem Finger herumgenagt. Auch ihm verging für eine kurze Zeit das Appetit.

Er verjagte das Eichhörnchen und sagte:

>>*Selbst die Tiere finden nichts mehr gescheites zu essen und müssen sich mit so einem Dreck ihre Bäuche vollschlagen.*<<

Isabella sagte nichts darauf und hielt sich weiter die Hand vor den Mund.

>>*Na komm! Wir suchen weiter.*<<

sagte Kaan zu ihr und ging erneut langsam voran. Isabella kriegte sich wieder ein und folgte ihm wieder dicht hinterher.

Nach weiteren zehn Minuten hatten sie endlich ein Kaninchen entdeckt und sowie Kaan das Tier gesehen hatte, schoss er sofort auf sie. Ein Schuss, ein Treffer. So war er es gewohnt und und nur so kannte er die Jagd. Nichts konnte ihm bisher entwischen. Weder Beute noch Zombies. Sobald er jemanden anvisiert hatte, war der bereits so gut wie tot gewesen.

Er packte das tote Tier an seinen Ohren und sagte:
>>*Da ist genug Fleisch für uns beide dran.*<<
Isabella lächelte beeindruckt und folgte ihm zurück zum Fahrzeug.

Das zarte Fleisch des Kaninchens grillte bereits auf dem Grill, den Kaan ganz schnell selbst zusammengebaut hatte, während er und Isabella jeweils an einer Keule kauten.
Wenn sie noch etwas Salz und Pfeffer gehabt hätten, wäre es ein perfektes Apokalypsen-Frühstück gewesen.
Kaan knabberte ordentlich an dem Stück Hüftfleisch und bestätigte damit seine Aussage von vor einer Stunde.
Isabella sah ihn verwundert an, während sie selber, fast schon gierig, an ihrem Fleisch knabberte.
Es war eindeutig gewesen, dass sie nicht eher aufstehen würden, bevor sie das Kaninchen nicht vollkommen verzehrt hatten.
Also hauten sie ordentlich hinein und füllten ihre Bäuche auf.
Während sie am Essen waren, dachte sich Isabella, dass es eine gute Gelegenheit wäre um Kaan besser kennenzulernen. Also ergriff sie die Chance und fing an ihm ein paar Fragen zu stellen. Kaan erzählte ihr, im Schnelldurchlauf, sein gesamtes Leben. Auch sie erzählte ihm so einiges von sich. Ein paar davon hatte Kaan bereits vom Papo gehört, der sich heldenhaft geopfert hatte.
Die Zeit verflog sehr schnell während sie wie die Weltmeister geschlemmt und sich dabei unterhalten hatten.
Kaan gefiel es wieder etwas nette Gesellschaft gefunden zu haben und versuchte die Zeit mit Isabella zu genießen. Auch Isabella konnte Kaan gut leiden und fühlte sich in seiner Nähe sicherer.
Sie war zwar eine Frau, die sehr gut auf sich selbst aufpassen

konnte, aber der Gedanke und die Tatsache, dass sie einen
Mann an ihrer Seite hatte, der ein richtiger Überlebenskünstler
gewesen war, beruhigte sie und sorgte bei ihr für ein Gefühl
der Sicherheit.

*>>Du bist also all die Zeit unterwegs gewesen um ein Zombie
nach dem anderen zu jagen?<<*
wollte sie noch einmal von ihm bestätigt bekommen.

*>>Ja...selbst in einer Apokalypse sollte das Leben einen Sinn
haben.<<*
antwortete Kaan ihr lächelnd.

*>>Wieso bist du dann kein Bauer oder Viehzüchter oder sonst
etwas in dieser Richtung geworden? Hätte das nicht noch mehr
Sinn? Besonders in so einer Zeit<<*
fragte Isabella. Kaan überlegte nicht lange und antwortete ihr
auf der Stelle:

*>>Auf jeden Fall hätte das mehr Sinn. Jedoch war ich immer
der Meinung, dass es bereits Überlebende da draußen gibt, die
sich schon darum kümmern. So wie du und dein Großvater.
Daher hatte ich es mir zur Aufgabe gemacht, auf Zombie-Jagd
zu gehen, damit sie nicht wieder all das zerstören können, was
diese Menschen bereits aufgebaut hatten. Sie züchten und
bauen an und ich beseitige die Pest. Quasi als Schädlings-
bekämpfer.<<*
Isabella fand die Aussage von Kaan einleuchtend und nickte
verständnisvoll mit ihrem Kopf. Kaan erzählte weiter:

*>>Das ist der eine Grund. Der andere Grund, wieso ich das
mache, ist pure Rachsucht...Ich habe meine Eltern an diese
Bastarde verloren und wollte nicht aufhören, ehe ich sie alle
oder zumindest so viele wie nur möglich vernichtet habe.<<*
Auch das klang für Isabella plausibel, weswegen sie sagte:
>>Verstehe.<<
Sie biss ein weiteres Stück Fleisch ab, kaute es ordentlich

durch, schluckte es hinunter und fragte:

>>*Hattest du nie eine Partnerin mit der du eine feste und ernste Beziehung hattest?*<<

Auch Kaan schluckte das Fleisch in seinem Mund hinunter und gab ihr eine klare Antwort:

>>*Nein, hatte ich nicht.*<<

>>*Wie willst du jetzt weitermachen?*<<

wollte Isabella nun von ihm wissen und wechselte das Thema. Kaan warf ihr fragende Blicke zu und sagte:

>>*Sowie bisher auch. Ich jage weiter Zombies und ziehe dabei durch das ganze Land. Vielleicht treffe ich ja auf weitere Überlebende.*<<

Isabella nickte und blickte dabei auf den Boden.

>>*Du kannst mich gerne begleiten, wenn du möchtest. Es sei denn, du möchtest auch alleine losziehen.*<<

bot er ihr mit freundlicher Stimme an.

>>*Und das würde dir wirklich nichts ausmachen?*<<

wollte sie von ihm wissen.

Kaan schüttelte mit seinem Kopf und sagte:

>>*Andersrum würde es mir etwas ausmachen.*<<

Isabella musste lächeln und sagte:

>>*Also gut! Dann komme ich mit dir.*<<

Kaan zeigte sich mit Isabella's Entscheidung zufrieden indem er sein durch zerkautes Kaninchenfleisch in die Luft erhob und sagte:

>>*Na dann,...auf ein Neuanfang!*<<

Isabella fing zu lachen an und erhob ebenfalls ihr halb aufgegessenes Kaninchenfleisch in die Luft und sagte:

>>*Jawohl! Auf ein Neuanfang!*<<

Danach aßen sie zufrieden und genüsslich den Rest des Kaninchens auf.

KAPITEL 8

GEMEINSAM GEGEN ALLE

Seit ihrer Flucht vom Haus ihres Großvaters, waren bereits zwei Monate vergangen.

Isabella und Kaan waren sich in dieser Zeit sehr viel näher gekommen und hatten so einiges auf ihrem gemeinsamen Weg seit jener Nacht erlebt.

Auf weitere Überlebende waren sie nicht gestoßen, aber dafür auf jede Menge totes Fleisch, das sie gemeinsam aus dem Weg geräumt hatten.

Isabella's Jagdmethoden und Nahkampfkenntnisse wurden mit der Hilfe von Kaan verstärkt und verbessert. In den vergangenen zwei Monaten hatte sie sehr viel von Kaan gelernt.

Sie hatte gelernt, wie man am Besten in der Wildnis überleben und sich selbst aus brenzlichen Situationen heraus helfen kann. Und natürlich auch, wie am Besten die Zombies erledigen kann. Kaan bildete sie fast täglich aus und gab ihr all sein Know-How weiter und verriet ihr jede Menge Tipps und Tricks.

Ein intimes Verhältnis hatten sie noch nicht begonnen und, obwohl sie beide sich gegenseitig sexuell anzogen, hielten sie dennoch etwas Abstand voneinander. Möglicherweise wollte jeder von ihnen, dass jeweils der andere mit dem ersten Schritt in diese Richtung beginnt. So verging ein Tag nach dem anderen. Von daher waren sie nicht wirklich ein Liebespaar gewesen, aber dafür ein ausgezeichnetes Jäger-Paar.

So zogen sie täglich über das ganze weite Land und begaben sich auf die Jagd nach den Zombies.

Kaan machte es Spaß, dass eine weitere Person ihm dabei Gesellschaft leistete und, dass diese Person eine sehr attraktive

Frau gewesen war, machte das Ganze umso besser.

Er zwar kein Angeber gewesen, aber hin und wieder ließ er den harten Kerl aus sich heraus um Isabella damit zu beeindrucken, aber auch um sie zu unterhalten. Sie genoss all seine spektakulären, waghalsigen, aber auch witzigen Stunts und Darbietungen, die er nur für sie zur Schau stellte.

So ließ es sich in Zeiten wie diesen am Besten leben und die Stunden, die vergingen, wurden dadurch längst nicht mehr so trübselig und langweilig.

Sie hatten eine sehr schöne Zeit gemeinsam. Und daran sollte sich auch nichts ändern.

Sie fuhren also wieder in ihrem Dodge RAM 3500 herum und hielten vorwiegend Ausschau nach Zombies als nach Überlebenden. Denn die Chancen auf Zombies zu treffen, waren viel höher.

Erst vor einer guten Stunde hatten sie eine Ente verdrückt, die sie an einem See aufgespürt und erlegt hatten. Und in dem besagten See ergriffen sie auch gleich die Gelegenheit um zu baden. Zuerst durfte Isabella baden und hinterher Kaan.

Isabella hatte sich sehr wohl insgeheim gewünscht, dass Kaan den Mut aufbringt und ihr beim Baden Gesellschaft leistet, aber dazu kam es leider nicht.

Später hatte sie sich auch nicht selber getraut, sich zu ihm zu gesellen, während er am Baden war. Sie wusste nicht, wie Kaan darauf reagieren würde. Sie wollte dadurch ihrer Freundschaft und dem guten Verhältnis zu ihm nicht schaden.

Im Nachhinein hatte sie es dann aber doch noch bereut, dass sie es nicht getan hatte.

Irgendwann würde es dann schon soweit kommen, dass ihre Beziehung die nächste Ebene erreicht und sie sich noch näher kommen als es im Moment der Fall gewesen war.

144

Bis dahin hieß es sich zu geduldigen und Zombies zu jagen.
Kaan hatte auch schon einen herumstreunenden Zombie entdeckt und fuhr zu seiner Nähe. Er hielt an und sie stiegen aus.
>>Diesmal darfst du wieder.<<
sagte Kaan zu Isabella, die daraufhin ihr Jagdmesser aus ihrem
Gürtel herauszog und sich langsam und gelassen zu dem Zom-
bie näherte, der ihr entgegen schlenderte.
Mit ihrer linken Arm hielt sie den Zombie von ihrem Körper
entfernt und stach mit dem Jagdmesser in ihrer rechten Hand in
den Schädel des Zombies ein.
Das Messer glitt hinein, als würde Isabella über Butter
streichen.
Sie zog das Jagdmesser wieder genauso sanft heraus und ließ
den verfaulten und verwesten Körper auf den Boden fallen.
Danach holte sie ein Taschentuch hervor und wischte ihr
Messer ab.
>>Einer weniger.<<
sagte Kaan, woraufhin Isabella wie folgt antwortete:
>>Tendenz steigend.<<
Sie lächelten und stiegen wieder in ihr Fahrzeug hinein.
Weiter ging es mit der Fahrt und der Suche nach weiteren wandelnden Toten.
Nach nur einer viertel Stunde stießen sie schon auf die nächsten Stinkköpfe, sowie Isabella sie gerne bezeichnete, die vor
sich hin herumlungerten.
Sie waren zu fünft an der Zahl. Davon drei weibliche. Bei so
einer kleinen Gruppe, hatten sich die beiden ausgemacht, dass
sie Stein, Schere, Papier spielen. In so einem Fall durfte der
Gewinner die Zombies beseitigen. Bei einer größeren Gruppe
beziehungsweise einer Herde, würden schon beide zum Angriff
übergehen.
Doch in diesem Fall bedarf es nur einen Jäger und gleich sollte

sich herausstellen, wer von ihnen die Beseitigung übernehmen durfte.

Also streckten beide ihre Hände aus und fingen an sie auf und ab zu schwenken. Dabei sprachen sie gemeinsam die Worte: >>*Stein, Schere, Papier!*<< aus und gleich danach zeigte die Hand von Isabella eine flache Hand, die als Symbol für Papier galt, während Kaan's Hand das Symbol der Schere zeigte.

Somit war es eindeutig und der Gewinner stand fest. Da die Schere das Papier schlägt, durfte Kaan diesmal zur Beseitigung voran schreiten.

Lächelnd stieg er aus, während Isabella ihre Arme vor ihrer Brust verschränkte und ihm, aus Spaß, giftige Blicke zuwarf und hinterher ebenfalls lächelte.

Sowie er ausgestiegen war, holte er seine Machete heraus und schwang sie ein paar mal in der Luft herum um in Takt zu kommen und um seine Gelenke zu lockern.

Als er dem ersten Zombie nah genug gekommen war, holte er ordentlich mit seiner Machete aus und rammte sie in den verwesten und brüchigen Schädel des Zombies.

Währenddessen näherten sich die anderen vier zu ihm. Und wieder holte er mit seiner Machete aus und versenkte sie im Schädel des zweiten Zombies. Dies war eine weibliche. Dann landete die Machete abwechselnd in den Schädeln von Zombie Nummer Drei, Vier und schlussendlich von der Nummer Fünf. Vom letzten Zombie hatte er, als finaler Abschluss, mit einem einzigen Hieb, nur die obere Schädeldecke entfernt, sodass der Zombie mit halb geschnittenem Gehirn regungslos auf den Boden fiel.

Danach stieg er wieder in sein Fahrzeug hinein und warf Isabella angeberische Blicke zu, die sie lächelnd erwiderte und sagte:

>>Die Finale hat mir gefallen.<<
>>Ja, ich dachte, ich zeige mal, wie kreativ ich wirklich sein kann.<<
antwortete ihr Kaan und beide fingen zu lachen an.

Kaum waren sie gefahren, entdeckten sie bereits nach nur wenigen Metern zwei weitere Zombies, die dabei gewesen waren ein ganzes Reh zu verdrücken.

Und wieder spielten sie Schere, Stein, Papier. Diesmal gewann Isabella, weil der Stein die Schere schlägt. Erfreut über ihren Sieg stieg sie aus und näherte sich langsam mit dem Jagdmesser in ihrer Hand den beiden Zombies, die wie zwei Raubtiere, das Fleisch vom Körper des Reh's herausrissen.

Noch hatten sie sie nicht bemerkt, doch es dauerte nicht lange bis einer von ihnen ihren Geruch wahrgenommen und sich sofort zu ihr umgedreht hatte.

Er stand auf und bewegte sich zu ihr. Isabella blieb die ganze Zeit über ruhig und wartete darauf bis er sich ihr weiter genähert hatte.

Als er etwa einen Meter vor ihr stand, stach sie mit ihrem Messer in sein Schädel und erledigte somit den ersten.

Danach schlich sie sich an den zweiten heran und rammte ihm von hinten das Messer in den Schädel hinein, noch bevor er etwas davon mitbekommen hatte.

Sie sah zu Kaan hinüber, der sie vom Fahrzeug aus beobachtete und lächelte in an.

Er hielt ihr den Daumen hoch und zeigte dadurch wie beeindruckt er von ihrer Leistung gewesen war.

Sie ging zurück zum Fahrzeug, doch nach nur ein paar wenigen Schritten, packte sie ein dritter Zombie am Fußgelenk, der sich anscheinend hinter den dichten Büschen aufgehalten hatte. Sie fiel auf der Stelle auf den Boden. Sofort krallte sich der Zombie, der nur aus einem Oberkörper bestand, an ihrer Hose und zog sich Stück für Stück auf sie hinauf. Isabella geriet dabei in Panik und versuchte ihn mit ihren Füßen von sich herunterzustoßen.

Als das nicht geholfen hatte, griff sie verzweifelt nach ihrem Jagdmesser und konnte noch rechtzeitig damit in den Schädel des Zombies stechen, der bereits sein Maul geöffnet hatte und kurz davor gewesen war in ihren Oberschenkel zuzubeißen. Danach legte sie sich entspannt auf den Boden und versuchte wieder aufzuatmen. Sie griff sich dabei an die Stirn und atmete laut ein und aus.

Als sie sich wieder eingekriegt hatte, stand sie auf, klopfte sich den ganzen Staub und die Erde von ihrer Kleidung ab und warf ernste Blick zu Kaan hinüber, der mit seiner Glock direkt in ihre Richtung zielte.

>>*Wieso hast du mir nicht geholfen?*<<
wollte sie von ihm wissen. Woraufhin er ihr mit einer ruhigen Stimme folgende Antwort gegeben hatte:

>>*Ich wollte, dass du es selber schaffst. Und wenn du es dann doch nicht geschafft hättest, hätte ich ihm schon rechtzeitig eine Kugel in den Kopf gejagt.*<<
Isabella verstand seine Argumentation und konnte es nachvollziehen. Schließlich war sie noch in Ausbildung.

Also ging sie schweigend wieder zurück in das Fahrzeug und setzte sich hinein.

Kaan steckte seine Glock weg, sah sie an, hielt sie an ihrer Hand und sagte:

>>*Ich würde niemals zulassen, dass dir etwas zustößt. Ich werde dich immer beschützen. Ganz egal, wie gut du beim Jagen geworden bist. Ganz egal wie sehr du auf dich selbst aufpassen kannst. Solange ich atme, werde ich dir immer zur Hilfe eilen.*<<
Diese Worte beruhigten sie sehr und es gefiel ihr, sie aus

seinem Mund zu hören. Sie blickte ihn an und schenkte ihm ein herzerwärmendes Lächeln, während sie auch ihre andere Hand auf seine legte.

Das war genau der Moment für ihren ersten Kuss gewesen. Es war ihnen beiden bewusst. Doch sie zögerten beide und taten nichts weiter als sich tief in die Augen zu sehen.

Danach wurden die Hände von Kaan locker und er ließ von ihren Händen ab.

Enttäuscht blickte sie zuerst nach unten und dann wendete sie ihre Blicke zur Seite und starrte aus dem Fenster hinaus.

In diesem Moment packte sie Kaan an ihrer Schulter, zog sie an sich heran und drückte ihr einen leidenschaftlichen und festen Kuss auf ihre Lippen.

Sie ließ sich von ihm verleiten und umklammerte ihn ganz fest und sie küssten sich heiß und innig, während sie die Welt da draußen plötzlich vergessen hatten.

Nichts interessierte sie in diesem Moment als der Kuss, der ihrer beiden Herzen zu schmelzen brachte und dafür sorgte, dass ein großes Feuer der Leidenschaft in ihnen ausbrach.

Es knisterte und flammte ordentlich zwischen den beiden und sie kamen sich immer näher und näher, während sie sich so intensiv küssten, sodass sie vergessen hatten, zwischendurch zu atmen.

Kaan ließ ihre beiden Sitze nach hinten umklappen. Sie zogen sich beide wie wild gewordene Tiere aus. Sie rissen förmlich ihre Kleidungen voneinander aus, während sie sich immer weiter küssten.

Als ihre beiden nackten Körper sich berührten, konnten sie beide ein Stöhnen der Lust, ein Klang der Liebe nicht unterdrücken. Es war das schönste Gefühl, dass sie bis dahin je erlebt hatten.

Und so waren sie sich endlich viel näher gekommen und das

Eis war gebrochen. Von einem Moment zum anderen wurde aus dem Eisberg ein brodelnder und pochender Vulkan.
So verbrachten sie die nächsten Stunden und ließen den Tag einfach so an sich vorbeiziehen.

Es war bereits Abend geworden, aber noch war es hell gewesen.
Kaan und Isabella lagen Arm in Arm am Lagerfeuer, dass sie kurz zuvor gemacht hatten und sahen dem Fleisch zu, das noch ein paar Stunden zuvor ein Igel gewesen war, wie es knisternd grillte.
Das sollte ihr Abendessen werden. Und somit auch ihr erstes Dinner als ein Liebespaar.
Um den Abend und das Dinner noch romantischer zu gestalten, hatte Kaan die Idee, den letzten drei Zombies, die Isabella erlegt hatte, die Köpfe abzutrennen, sie auszuhöhlen, etwas trockenes Holz und Gestrüpp hinein zu platzieren und sie anzuzünden, sodass sie als Laternen dienten.
Die kleinen Flammen loderten aus ihren Augenhöhlen heraus und sorgten für eine recht romantische Stimmung.
Isabella mochte Kaan's Einfallsreichtum und seine Kreativität sehr, weswegen sie diese Idee besonders gut gefunden hatte.
Sie hatte ihren Kopf auf seine Schulter gelegt und fühlte sich verborgen und sicher in seinen kräftigen Armen.
Es war ein sehr schöner Moment, der am Besten niemals enden sollte. Doch tief in ihrem Inneren wusste sie, dass auch eines Tages sie beide dahinscheiden werden und all das ein Ende haben wird. Doch bis dahin genoss sie einfach Momente wie diesen und versuchte eine schöne Zeit mit ihm zu verbringen.
Denn sie hatten gemeinsam noch sehr viel zu erleben.

ENDE

Zur Information!

Der Zombie Awareness Month ist eine Kampagne, um das Bewusstsein für Zombies und die Möglichkeit einer zukünftigen Zombie-Apokalypse zu schärfen. Die Kampagne wurde eingeführt und wird überwiegend von der Zombie Research Society (ZRS) finanziert, einer Organisation, die sich der historischen, kulturellen und wissenschaftlichen Untersuchung der lebenden Toten widmet, die 2007 gegründet wurde. Laut ZRS besteht das Hauptziel des Zombie Awareness Month darin, die Menschen über Ursachen, Prävention und Vorbereitung auf eine vermeintliche zukünftige Zombie-Pandemie aufzuklären.

Auszug aus Wikipedia (graues Band-Symbol)

Der Weltzombietag fällt auf den 13. Oktober und findet jedes Jahr am selben Tag statt. Es ist eine internationale Veranstaltung, die 2006 begann.

Der erste Zombie Walk fand in Pittsburghs Monroeville Mall statt, wo George Romero Dawn of the Dead drehte.

Dieser Tag wurde für Fans der Zombie-Kultur zusammengestellt, um das Bewusstsein für Hunger und Obdachlosigkeit zu schärfen.

Dieser Tag wird in über 50 Städten weltweit gefeiert, darunter London, New York, Pittsburgh, Paris, Hongkong, Los Angeles, Chicago, Dallas, Seattle und Tokio.

Auszug aus www.thefactsite.com

Für mehr Zombiegeschichten empfehle ich die Geschichte „Wenn die Toten auferstehen" aus meinem Buch „TOTE NACHT GESCHICHTEN".

Boş günlerim boş olmaz benim.
Sabahları pipo içiyorum, yanında bol siyah kahve ve kitap
okuyorum.
Akşamları puro içiyorum, yanında sade türk kahvesi ve kitap
yazıyorum.
Aralarında bulunan zamanda ise, bol bol düşünüyorum.
İşte bende...böyle yaşıyorum.

An meinen freien Tagen bin ich immer beschäftigt.
An Vormittagen rauche ich eine Pfeife, trinke viel schwarzen
Kaffee dazu und lese dabei ein Buch.
An Abenden paffe ich eine Zigarre, trinke dazu türkischen
Kaffee und schreibe ein Buch.
Und in der Zeit dazwischen, denke ich sehr viel nach.
So also...lebe ich.

Und so nehme ich Abschied;

Im Herbst fallen die Blätter von den Ästen der Bäume ab. Im Frühling erblühen sie wieder in ihrer schönsten Pracht. So habe ich dich von meinem Herzen abgeschüttelt, damit auch ich zu neuem Glanz erwach'.

WEITERE BÜCHER

- KARA KURT VE KIZIL SACLI KIZ – Märchen
- TOTE NACHT GESCHICHTEN – Gruselgeschichten
- DER ERLÖSER – Psychothriller
- SOPHIA'S RACHE – Horror
- REBELLION DER KINDER - Thriller